故译新编

许钧 谢天振 主编

朱湘译作选

朱湘 译

张德让 编

商务印书馆

主编的话

2019年，是五四运动一百周年。最近一段时间，我们一直在思考与翻译有关的一些问题：在五四运动前后，为什么翻译活动那么活跃？为什么那么多学者、文人重视翻译、从事翻译？为什么围绕翻译，有那么多的争论或者讨论？

五四运动涉及面广，与白话文运动、新文学运动乃至新文化运动之间有着深刻的互动性和内在一致性。考察翻译活动对于五四运动的直接与间接的影响，首先引起我们关注的，是一个"新"字。新文学运动与新文化运动自不必说，"新"是其追求与灵魂。而白话文运动，虽然没有一个明确的"新"字，但相对于文言文，白话文蕴涵的就是一种"新"的生命——语言与文字的崭新统一，为新文体、新表达、新思维的产生拓展了新的可能性。

"新"首先意味着与"旧"的决裂，在这个意义上，五四运动所孕育的启蒙与革命精神体现在语言、文学、文化等各个层面。追求新，有多重途径。推陈出新，是其一，著名的文艺复兴运动具有这样的特征，拿鲁迅的话说，"在意大利文艺复兴的意义，是把古时好的东西复活，将现存坏的东西压倒"。但是，五四运动不能走这条路，鲁迅最反对的就是把旧时代的"孔子礼教"拉出来。此路不通，便只有开辟另一条道路，那就是在与孔孟之道决裂，与旧思想、旧道德决裂的同时，向域外寻求新的东西，寻求新的思想、新的道德。这样一来，翻译便成了必经之路。

如果聚焦五四运动前后的翻译，我们可以发现以下事实：一是翻译受到了前所未有的重视；二是众多学者做起了翻译工作；三是刊物登载的很多是翻译作品；四是西方的各种重要思潮通过翻译涌入了中国。就文学而言，梁启超的"欲新一国之民，不可不先新一国之小说"之思想受到了普遍认同。而要"新"中国之小说，翻译则为先导，其影响深刻而广泛。首先，借助翻译之道，中国的文人与学者有了观念的革新；其次，在不同的文学体裁的内在结构与形式方面，翻译为投身新文学运动的作家提供了可资借鉴的新路径；最后，翻译在为新文学运动注入了具有差异性的外国文学因子的同时，也给新文学运动的积极参与者开拓了进一步认识中国文学传统、反思自身，在借鉴与批判中确立自身的可能性。

一谈到五四运动前后的翻译，我们会想到梁启超、鲁迅、陈望道，还会想到戴望舒、徐志摩、郭沫若……这一个个名字，一想到他们，我们就会感觉到中外文学与文化交流史仿佛拥有了生命，是鲜活的，是涌动的。五四运动前后的这些翻译家就像是一个个重要的精神坐标，闪烁着启蒙之光，引发我们对中华文明的发展与中华民族的伟大复兴作深层次的思考。

创立于维新变法之际的商务印书馆，素有翻译之传统，是译介域外新思潮、新观念、新思想的先行者，一直起着引领的作用。在纪念五四运动一百周年之际，商务印书馆决定有选择地推出五四运动前后翻译家独具个性的"故译"，在新的时期赋予其新的生命、新的价值，于是便有了这套"故译新编"。

"故译新编"，注重翻译的开放与创造精神，收录开风气之先、勇于创造的翻译家之作。

"故译新编"，注重翻译的个性与生命，收录对文学有着独特的理解与阐释、赋予原作以新生命的翻译家之作。

"故译新编"，注重翻译的思想性，收录"敞开自身"，开辟思想解放之路的翻译家之作。

阅读参与创造，翻译成就经典，我们热切地希望，通过读者朋友具有创造性的阅读，先辈翻译家的"故译"，能在新的时期拥有新的生命，绽放新的生命之花。

许钧　谢天振
2019 年 3 月 18 日

编辑说明

1. 本丛书所收篇目多为20世纪上半叶刊布,其语言习惯有较明显的时代印痕,且译者自有其文字风格,故不按现行用法、写法及表现手法改动原文。

2. 原书专名(人名、地名、术语等)及译名与今不统一者,亦不作改动;若同一专名在同书、同文内译法不一,则加以统一。如确系笔误、排印舛误、外文拼写错误等,则予径改。

3. 数字、标点符号的用法,在不损害原义的情况下,从现行规范校订。

4. 原书因年代久远而字迹模糊或残缺者,据所缺字数以"□"表示。

5. 编校过程中对前人整理成果多有借鉴,谨表谢意。

目录

前言 / 001

路曼尼亚民歌一斑

序 / 012

采集人小传 / 013

无儿 / 015

母亲悼子歌 / 018

花孩儿 / 023

孤女 / 027

咒语 / 030

干姊妹相和歌 / 033

纺纱歌 / 038

月亮 / 041

吉卜西的歌 / 044

军人的歌 / 046

疯 / 050

独居 / 053

被诅咒的歌 / 057

未亡人 / 060

重译人跋 / 063

番石榴集

埃及 / 068
  他死者合体入唯一之神 / 068
  他完成了他的胜利 / 070

阿拉伯 / 071
  莫取媚于人世 / 071
  水仙歌 / 072
  永远的警伺着 / 074
  我们少年的时日 / 075

波斯 / 079
  《圣书》节译 / 079
  一个美丽 / 080
  《茹拜迓忒》选译 / 081
  勇敢 / 085
  一个舞女 / 086
  曲（一）/ 087
  曲（二）/ 089

印度 / 090
  国王 / 090

秋 / 092

恬静 / 094

俳句 / 095

希腊 / 096

曲——给美神 / 096

一个少女 / 098

爱神 / 099

索谋辟里 / 100

退步 / 101

小爱神 / 102

印章 / 103

墓铭三首 / 104

驴蒙狮皮 / 106

罗马 / 107

牧歌 / 107

给列司比亚 / 111

他的诗集 / 113

行乐 / 114

意大利 / 115

《新生》一首 / 115

六出诗——为佩忒腊作/ 116

法国/ 119

　　番女缘述意/ 119

　　这便难怪/ 127

　　吊死曲/ 129

　　泐话/ 131

　　给海纶/ 132

　　寓言/ 133

　　Chanson d'Automne/ 135

西班牙/ 137

　　二鼠/ 137

科隆比亚/ 140

　　仅存的阴加人/ 140

德国/ 142

　　夜歌/ 142

　　Ein Fichtenbaum Steht einsam/ 143

　　Du bist wie eine Blume/ 144

　　情歌/ 145

荷兰/ 146

　　财/ 146

斯堪地纳维亚/ 147

　　铅卜/ 147

俄国/ 149

　　穆隆的意里亚农英雄与斯伐陀郭/ 149

英国/ 157

　　海客/ 157

　　鹧鸪/ 159

　　旧的大氅/ 160

　　美神/ 164

　　爱/ 165

　　赌牌/ 166

　　怪事/ 167

　　仙童歌/ 168

　　海挽歌/ 169

　　及时/ 170

　　自挽歌/ 171

　　林中/ 172

　　撒手/ 173

　　晨歌/ 174

　　在春天/ 175

　　十四行四首/ 177

给西里亚/ 181

告别世界/ 182

十四行/ 185

死/ 186

眼珠/ 187

虎/ 188

美人/ 190

多西/ 192

终/ 193

恳求/ 194

希腊皿曲/ 195

夜莺曲/ 198

秋曲/ 203

妖女/ 205

往日/ 208

冬暮/ 211

死/ 213

索赫拉与鲁斯通/ 214

迈克/ 261

老舟子行/ 288

圣亚尼节之夕/ 323

集外

法国/ 346

    初恨/ 346

英国/ 355

    异域思乡/ 355

    夏夜/ 357

    不要说这场奋斗无益/ 358

    最后的诗/ 359

    因弗里湖岛/ 360

    因尼司弗里湖岛/ 361

    我的心呀，在高原/ 362

    地侬的沙滩/ 363

前言

商务印书馆"故译新编"为我们提供了一个极为宝贵的机会：今年是朱湘担任首任系主任所在的省立安徽大学（1928年创建于安庆，1946年更名为国立安徽大学，1949年整建制迁至芜湖，1972年正式定名为安徽师范大学）外文系建系90周年，值此之际，作为后辈，我们有幸重编《朱湘译作选》应该是对诗人最好的景仰和缅怀，是每天徜徉在校园朱湘路上的一大心愿。朱湘英才好学，自信自尊，更苦学多种外语，诗歌翻译成就斐然，不愧是我们后辈的骄傲和楷模，激励我们去努力践行"融贯古今，会通中外"的院训。

朱湘（1904—1933），现代诗人兼翻译家，字子沅，祖籍安徽太湖，出生于湖南沅陵。1919年插班考入清华大学，与饶孟侃、孙大雨、杨世恩并称"清华四子"。1922年开始在《小说月报》上发表新诗，1927年赴美留学，先后在劳伦斯大学、芝加哥大学、俄亥俄大学学习，1929年回国，应聘到安庆省立安徽大学担任首任外文系主任。1932年夏去职，漂泊辗转于北平、上海、长沙等地，终因率直天真，孤高自尊，生无媚骨，生活窘困，愤懑失望，于1933年12月5日在上海开往南京的轮船上投江自尽，最终在不到三十岁的年纪就阔别人世了。朱湘一生颠沛流离，穷苦不堪，他的遭遇不禁让人为之惋惜,为之恸哭,大概天妒英才也就是如此吧。朱湘的出现如流星在夜空中划过一般,璀璨而短暂。他的薄命正如他写其诗友刘梦苇的死,是"淡淡的结束""平凡的终止"。[1]但是他的诗歌一直活在我们心中,启迪着后世。仅就译诗而言,他给后人留下了127首,成为20世纪中国新诗中不可等闲视之的重要符号,其会通中西的译诗主张与实践成就了他诗歌翻译的诸多艺术魅力。

网天下事,罗古今诗。朱湘译诗的选材范围广,时间跨度大,体裁种类多。逾千年近十五国的一百二十余首诗歌,涉及史诗、叙事诗、抒情诗、牧歌、寓言诗、十四行诗、格律诗、自由诗以及民歌、民谣、说唱体民间传说等多种类型的诗歌,盖其所择,皆已谙悉,蔚为大观,体现了先生强烈的价值取向、世界眼光和精品意识,其中大部分汉译诗歌先后收录在商务印书馆1924年出版的《路曼尼亚民歌一斑》和1936年出版的《番石榴集》中。朱湘素来重视译介西诗,每每情之所至,一气呵成。在美读书期间,他勤学诸国文字,"想在已经学习的希腊文、拉丁文、法文、德文、英文外,加学俄文、意大利文、梵文、波斯文、亚剌伯文"[2],加上广泛涉猎异域文学,故其文学造诣颇深,并对西方古典诗歌到近代自由诗歌之发展进行了全面梳理,形成了对西方诗歌发展历程的整体认识，主要涉及印度、波斯、俄国、荷兰、意大利、埃及、阿拉伯、希腊、德国、英国、法国、罗马尼亚、西班牙和哥伦比亚等国。在这些国家或民族的诗歌中，朱湘尤其注重翻译受压迫的弱小民族的诗歌，在展现这些异域风土人情、人文思想的同时，也以会通的眼光决心回国后复活起我国"古代的理想，人格，文化，与美丽"[3]。

嚼得菜根，译得新诗。五四时期，诗歌翻译高潮迭起，背后的主导力量大概是政治斗争与文化纷争。是时，即便是温软的诗歌翻译作品也可瞥见时代的刀光剑影。诗歌翻译的惊涛骇浪造就了一批为"自由而战"的弄潮儿，新月派诗人便是这大潮中的翻卷怒涛，朱湘俨然是这洪河江皋中的片帆轻舸，那孤高的真性情便是指引他的船帆。作为诗人中的诗人、注重把西诗精华融为己有的"嫡生的中国诗人"[4]，朱湘以诗为生命，以救赎新诗为己任，追求新诗的艺术美，反感悬"自由"的幌子吆喝自由体诗，践行"理智节制情感"的美学原则。他辍学留洋，只为极目远望，舶来"真诗"；他反对视诗歌之韵"犹如裹脚"，坚决"戴着镣铐舞蹈"；他痛恨按谱填字般地临摹，主张用词的精髓来作新诗；他从不吹捧西诗抑制中诗，而穷极中西诗歌本末，去中国旧诗之芜蔓，并为旧诗换上新颜，培植菁华。[5]这种新颖的语言形式和诗歌结构不仅将西方的诗歌元素引入中诗，也为中文带来了新的用法，显示了中文所具有的强大的包容力。朱湘译诗之"新"是建立在中国诗歌惯用白话基础上之"新"，是融通了中西语言结构之"新"，是化古诗、移传说、用古典、怀古人、写古事、摹古境等中西视界融合[6]之"新"。这种"新"出现在新旧文学交替之际，在诗行、诗韵、诗体、诗章等方面具有独创性价值，且旨在"创造一个表里都是'中国'的新文化"[7]，不仅为文学发展指明了方向，也为中国的旧文学注入了新的生命力。

译笔华美，意韵兼备。朱湘所译之诗给人一种讴吟与触物的双重美感。在这些诗中常常可以遇到我们熟悉的东方意象，也同样可以感受到西方诗歌在形式与音律上给我们带来的新鲜感。细细品味他的诗歌，其内容的生动、色彩的饱满、意象的丰富是颇具艺术气息的，营造的氛围或低沉忧郁，或高昂欢快，那委婉细腻的文字中总蕴藏着别样的音画效果。"通过音节、字数、诗歌形态"践行译诗的"建筑美"实验，"常能通过律动的节奏和形式多样的协韵手段"践行译诗的"音乐美"实验。[8]

论其"音"效，似声出金石，韵入歌唱。朱湘译诗务求韵致，认为"音节之于诗，正如完美的腿之于运动家"[9]。故其译作读来让人倍感馨香绕梁。他对诗歌格律的要求几近严苛，也欲将有规律的西洋诗译运用在中国新体白话诗的创作中。这种创作是会通中西的，一方面汲取了外国诗歌中的音步、长短音等语言特征，另一方面也是对中国古代诗歌平仄、押韵、对仗等传统优势的发掘，加之对中文单音字、象形、母音煞尾、四声等方面特征的把握，朱湘用"以顿代步"等翻译方法尝试会通原作格律，并在此基础上建立起了中国新诗的创作规范。

论其"画"质，如情思绵邈，意境深远。王昌龄言"诗有三境"："一曰物境。二曰情境。三曰意境。"[10]朱湘无论在诗歌翻译中，还是在诗歌创作与批评中，对"境"的把握力都很强。关于这一点，朱湘曾指出："我们应当承认：在译诗者的手中，原诗只能算作原料，译者如其觉到有另一种原料更好似原诗的材料能将原诗的意境传达出，或者译者觉得原诗的材料好虽是好，然而不合国情，本国却有一种土产，能代替着用入译文将原诗的意境更深刻地嵌入国人的想象中；在这两种情况之下，译诗者是可以应用创作者的自由的。"[11]朱湘对"境"的把握力源于其极好的旧学修养，古代经典、唐诗宋词元曲、神话典故都十分精通，成为他译诗中的重要符号，虽然在译名上曾让他饱受争议，但无法否认他在"境"上会通中西所展现出来的特有魅力。

海涅话唼喋,浊酒入愁肠,来时风萧萧,还时静悄悄。朱湘为人至情至性,作诗为真为善。他生前"莫取媚于人世"[12],走时又"与落花一同漂去无人知道的地方"[13],甚至平静得如冬日的江面,"萧萧外更听不到什么"[14]。朱湘早已远去,但其译诗的魅力依然长存,他的译诗是一首首具有浓厚艺术气息及宝贵艺术价值的佳作,为中国文学增添了一笔隐形的财富,这笔隐形的财富如今也正在慢慢地被越来越多的读者所喜爱,逐渐绽放出迷人的光彩!我们从中可以真切地感受到朱湘为何被誉为我国新诗形式运动中的健将。

朱湘的译作是基础,借鉴是桥梁,创作才是归属。所以,对朱湘译诗的认识必须拓宽视野,以会通中西的眼光进行综合考察。朱湘给我们留下了一笔不菲的文学财富,除译诗集《路曼尼亚民歌一斑》(1924)、《番石榴集》(1936)外,还有诗集《夏天》(1925)、《草莽集》(1927)、《石门集》(1934)、《永言集》(1936);散文和评论集《中书集》(1934)、《文学闲谈》(1934);书信《海外寄霓君》(1936)、《朱湘书信集》(1936);译作《英国近代小说集》(1929)等。朱湘一直重视翻译与新文学、新文化的建设,提倡"经过一番正当的研究与介绍之后,我们一定能产生许多的作家,复古而获今,迎外而亦获今之中"[15]。这一会通主张有待深度理清朱湘译诗与其创作、诗论、时代等之间的复杂关系,以便进一步认识这个鲁迅眼中的"中国济慈"译诗的会通特征:一方面译诗仿佛在跟莎士比亚跳舞[16],另一方面"孤高不与众合"又如贾宝玉[17]。

张德让

2019年2月

注释:

1　朱湘:《梦苇的死》,载方铭主编:《朱湘全集》散文卷,安徽文艺出版社,2017年,第23页。

2　朱湘:《致赵景深》,载方铭主编:《朱湘全集》书信卷,安徽文艺出版社,2017年,第193页。

3　朱湘:《致赵景深》,载方铭主编:《朱湘全集》书信卷,安徽文艺出版社,2017年,第186页。

4　朱湘:《致赵景深》,载方铭主编:《朱湘全集》书信卷,安徽文艺出版社,2017年,第192页。

5　朱湘:《说译诗》,载方铭主编:《朱湘全集》散文卷,安徽文艺出版社,2017年,第197页。

6　张旭:《视界的融合:朱湘译诗新探》,清华大学出版社,2017年。

7　朱湘:《致彭基相》,载方铭主编:《朱湘全集》书信卷,安徽文艺出版社,2017年,第168页。

8　张旭：《视界的融合：朱湘译诗新探》，清华大学出版社，2017年，第172、236页。

9　朱湘：《致曹葆华》，载方铭主编：《朱湘全集》书信卷，安徽文艺出版社，2017年，第175页。

10　胡问涛、罗琴校注：《王昌龄集编年校注》，巴蜀书社，2000年，第316页。

11　朱湘：《说译诗》，载方铭主编：《朱湘全集》散文卷，安徽文艺出版社，2017年，第196页。

12　朱湘：《番石榴集》，见本书第71页。

13　朱湘：《草莽集·葬我》，载方铭主编：《朱湘全集》诗歌卷，安徽文艺出版社，2017年，第55页。

14　朱湘：《夏天·废园》，载方铭主编：《朱湘全集》诗歌卷，安徽文艺出版社，2017年，第5页。

15　朱湘：《致孙大雨》，载方铭主编：《朱湘全集》书信卷，安徽文艺出版社，2017年，第275页。

16　陈春燕、王东风："朱湘翻译的十四行诗：五四时期距英诗格律最接近的尝试"，《外国语文》2017年第1期，第121页。

17　杨乃济："诗人朱湘的'续红楼梦'"，《红楼梦学刊》2000年第1辑，第132页。

路曼尼亚民歌一斑

序

后面的十几首路曼尼亚（România）国的民歌是从哀阑拿·伐佳列司珂（Elena Vâcârescu）女士的《丹波危查的歌者》里选出的。伊费了几年心血，在丹波危查（Dâmbovita）县里，从农人口中，采集民歌，结果成了这部书。这些民歌"所靠的不是人为的格律，却是天然的音节"。

以唱他们为职业的人叫做"科卜沙"（Cobzar）；他沿门挨户的唱这些歌，并弹着"科卜色"（Cobza）相和。不过一班农人唱他们的时候，并不用什么乐器。

他们首尾的附歌不知是从那里起源的。这些附歌与本歌有时一点关系没有，有时却有极美的关系。更有些时候，本歌没有什么好处，附歌却极有文学的价值，例如：

一首附歌里说下雪前

"天低了，大鸦飞着"。

又一首里说：

"伊的面纱轻而柔，有如夏日的白雪。"

有一首附歌是

"闪耀的月亮浮过柳的上面；

一夜里柳树只是朦胧的梦着

月亮的温柔的清光"。

采集人小传

哀阑拿·伐佳列司珂女士于一八六六年生在本国都城布克列虚忒（Bucuresti）地方。伊这家的人，自从十八世纪中叶起，历代都在路国文坛上有极大的影响与极高的名望。在这坛上，他们里一人贡献了路国文字的第一部文法，一人贡献了许多作诗的格律，到了伊，伊的贡献就是这部《丹波危查的歌者》。

伊年轻时，到巴里去求学；过了一时，伊又回来伊的产地读书。伊作过一时本国伊立沙白皇后——即《丹波危查的歌者》的英译人，诗、文、小说各种著作很多——的近侍。一八九二年伊再去巴里，就在那里住下了；此后伊很少离开那个地方。

伊是诗人与小说家；作文时兼用路文与法文。伊作《宁静的灵魂》，得了很难得的"鱼勒·法勿俄（Jules Favre）奖"；这部《丹波危查的歌者》与一部名《晨歌》的诗集也都得了法国学院的奖赏。此外伊还有著作多种。

《丹波危查的歌者》大概是在从一八八七年到一八九〇年的时间里成书的：伊成这书不能在一八八七年前，因为我们可以假定一个文家能够著书的年纪是在二十岁左右，而英译人原序里又明说过伊采集这些民歌费了几年的光阴；伊成这书也不能在一八九〇年后，因为这书的英译本是在一八九一年初次出版的。

伊这时正充内廷中的近侍，而丹波危查县恰好邻近国都；由此看来，这些民歌一定是在上述的时间内采集的了。

无儿

我的牛拖出的犁沟是再直没有的了；
我带子上挂着的刀子
多的围满了一腰。
雨吩咐鸟儿道，你们回巢去罢。

我作了一梦，梦见我生了你，
生了这好难生给我的你。
作这梦时正是中午，我的两眼睁着，
呆看着满是种子的犁沟。
犁沟里已有些嫩芽冒出了，
他们说："我们，我们是已经出了世！"
那时我真羡慕我的田，因他倒已作了父亲了。
我仿佛觉着，我现在是一个勇军人的父亲，
他正动身要到战场上去，
临别时我恸哭，但他为国尽力，我也觉着光荣。
我又仿佛觉着，我是一个牧人的父亲，
他正赶着牛羊上山岭去，
我看见山岭和悦的向着我的牧人，

我的牧人心中也是和悦的，

于是我跟着，也很快活了。

我又仿佛觉着，我是一个父亲的父亲，

我看见他的孩子们在他的门槛上向他问安，

那问安时的一团和气充满了我的心坎，

而洋溢了他的全所房屋，

于是他的快乐，日头似的，将光明射到我的脸上了。

但那真的日头却已在犁沟边沉下，

我现在自己看看，仿佛是悲戚的父亲，

孤独的父亲了。

这两个儿子我带回了家，

我向我的妻子说：

"妻啊，我们有的只是孤独与悲戚！"

伊一声不响，因伊不知怎样回答是好；

我们的心也一声不响，因他们都是空的。

这时　我觉着是孤独、痛苦、悲戚三个的父亲，

我觉着是坟墓的儿子，

我觉着是那边一声不响的妇人的丈夫；

伊的胎，如同我们的心，将永久是空空的。

那时　我们两人想着都把这事忘了罢，

一同将眼睛转向了犁沟,
转向了满是种子的犁沟,
——犁沟里已有些嫩芽冒出了,
他们说:"我们,我们是已经出了世!"
我们彼此并没问过:"你现在看着什么?"
我们只一同,一同看着田里发芽的种子。

我的牛拖出的犁沟是再直没有的了;
我带子上挂着的刀子
多的围满了一腰。
雨吩咐鸟儿道,你们回巢去罢。

母亲悼子歌

我在原野上看见一朵小花,
——他生在新刈的草地里;
金色的玉米没他那么鲜明,
但见了他,小鸟们都呜咽起来了。
你这原野上的小花,
你怎么会生在新刈的草地里面的?

扔下你的外衣,
扔在这里路边;
扔下你的镰刀,
扔在路的那边:
快点回家!回家,
——不要在桥上停了,
不要在井边停了,
也不要在十字路口停了。

我就回了家。
我看见房门虚掩着,

房门说:"并不是风刮开的!"
我看见屋子阴沉沉的,
屋子说:"并不是夜来了!"
这时我就想起了那草地上的小花儿。
我看见你睡着——
我的心里于是恍然大悟:
那小花就是你的魂灵,
是他　叫我到你的尸身边来,
是他　叫我不要在桥上停下,
不要在井边停下,
不要在十字路口停下的。
如果我当初知道了
那小花是你的魂灵,
那时我真情愿在他旁边再多耽搁一刻呢;
但你的魂灵却愿快快的枯萎了,
于是把我调开,
使我不至眼巴巴没法的看着你的魂灵飞去。

我来了这里了,——你要我怎样?
哎!更没什么可以要了。

你现在的智慧是个什么程度?
当然比我们的深多了。
你这样舍弃了我们,是去那处?
是我们里那个从前曾经舍弃过你,
以至你现在这样舍弃我们的?
你从前不是与我们同喝过水,
为什么现在却又不肯与我们同死?
还有那些你托付给大地的种子,
他们回来时,你却不见了,
那时我们将拿什么对他们说呢?
看哪,你的窗下有少女们走过,
河水也流过这里,
明天就过节了,
这话你可曾向你的坟墓说过?
说不定,你说了这话的时候,
伊竟会让你再多过这一日呢。
你可又告诉过你的坟墓,说你有母亲?
伊也是个母亲,伊是花儿,谷子的母亲,
伊如果听到这话,伊一定会可怜我们的。
呀,说不定,你向大地说过

我们眼泪很多的话了；
大地因着干燥，没滋润的东西，
于是将你夺去了，好得到我们的眼泪。
哎，可惜你没告诉他，
说我们的眼泪是酸的，
他那时听到这话，或者怕尝酸泪，
竟会不至于把你夺去呢。

看哪，我来了这里了，
——但你连头也不抬。
我已经向你整整哭过一点钟了，
我还要向你哭过许多迟滞的钟点呢。
看哪，我来了这里了，来了这里了！
但是这样一点用处没有，
虽然我来了你的身边，
没在桥上停过，井边停过，十字路口停过。

我在原野上看见一朵小花，
——他生在新刈的草地里，
金色的玉米没他那么鲜明，

但见了他,小鸟们都呜咽起来了。
你这原野上的小花,
你怎么会生在新刈的草地里面的?

花孩儿[1]

今天是礼拜日了,出去跳舞啊!
我一刻赶过了少年们。他们正在唱着。
树林说:"听哪,他们唱的多好!"

伊昨天不曾来过这里,
伊明天也一定不会来,
伊,能使我脱离这孤零生活的。
说不定,我每天遇到过伊,
但伊却转过头去了,
掩盖起伊的眼泪;
因我一见伊流泪,我就会叫出:
"咦,这就是伊!"
伊将头转了过去,
庶乎不会看见我的悲戚;
因伊一看见了我的悲戚,
伊也就要忍不住叫出:
"你是我的孩子!"
说不定,伊曾经看见过我站在他的旁边

但却不敢说出:"那是你的父亲!"

怕我恨他,因他也恨伊了。

其实两人我都爱,与花爱根儿一样。

我并不诅咒他们,——我梦中向他们说:

"那时被祝福了,你们相爱的那时。"

我将永久不向他们说出我的悲戚。

如果他们问我关于他们的事时,

我将回答:"不过我是快活啊!

我从来没去过坟墓的旁边:

他们没有什么可以引诱得我的。"

我回答他们时,只将说出这几句话,

至于我的悲戚我却将深藏在我的心坎里,

正如雨水藏在石凹的里面,

临死的人藏起他最后的磨难与苦痛似的。

看见我的人从来没有说过:

"他的心好不充满了幸福呀!"——他们只说,

它,我的心,是空的,空空的。

我爱那些有母亲的快乐孩子们,

因为我听到他们叫:"我的母亲!"

——我留神听入耳里,庶乎我也可以学着这样呼唤;

每到了无人的时候，我就低声的叫出。
但我呼唤的时候，我的口音
好像与他们，有母亲的孩子们的不同，
他们，早间有母亲为他们祈祷，
整日里有母亲给他们织极美的汗衫，
临睡时有母亲给他们哼催睡的歌儿。
母亲啊！——说不定我走过条条小路的时候，
与天天我看见妇人们在河边洗麻的时候，
我都已许多次看见过你的，——
如果你已去世了，我将怎样爱你的坟墓，
并用花朵把它的上面铺满，
不明说出我们的关系只说：
"我是地母的儿子，我爱这个坟墓，
就因掩覆起伊的是地母；
至于睡在这里的是个什样的人，那我可不清楚。"
母亲啊！这是不会的：你决不会已经去世。
就说你已去世了，你在临终的时候
也一定会把我找去，叫我爱你坟墓的。
你决不会肯没有带着你孩子的热爱就走去了，
到那冷冰冰的空坟里去受罪！

那是不会的,母亲,你一定还在世上,
那么一晚我睡着了的时候,
你就来看看我的睡眠罢;
这样庶乎到了早晨,我可以说:
"至少,伊总见过我的睡眠了。"

今天是礼拜日了,出去跳舞啊!
我一刻赶过了少年们,他们正在唱着。
树林说:"听哪,他们唱的多好!"

注释:
1 花孩儿,就是私生子。(本书注释均为译者注。)

孤女

黄昏时月光是看不见的,
但夜一来了,伊就照亮整个天空。
河们,伊们是姊妹们,
因为伊们是从一座山上流下的。

不要在夜间走过村中:
那时狗不闭眼,——并且说不定,你会遇鬼的。

但我已嘱咐了我的母亲的魂灵,
叫伊在井边等候着我。
我将伸头进井去看伊,
但我却又不敢十分的细看;
伊却要久久的看着我,
看我的脸,我的腰带,我的汗衣。
这样明日里我的腰带上
就要有更多的珠子,我的汗衣上
就要有更多的金星了。
伊并将看我们的房子,这样明日里

日光就要在房边留恋了。
伊并将看我的心,这样
我的心就要安稳了。
我并将问伊:"坟墓里怎样?"
那时我就要看见井里伊的影子
将手指放在嘴唇上。
我并将问伊:"你想我吗?"
那时我就要看见井里伊的影子
揩着两边的眼睛。
我并将看见伊的腰带上插着那些花朵,
正是,那些我撒在伊的坟上的花朵都要插在那里。
伊将一声不响,但我却要觉着伊的注视。
伊并将向我作手势,使我给伊水喝;
那时我用了伊的名义
就要把喝的水散遍了一村。
我将怎样伤心啊!因为井太深了,
我不能够到与伊的影子接吻。
伊去了以后,我仍将寻伊,
那时我就要听到
石头又落在伊的坟上,仿佛打着我的心了。

因为我嘱咐了我的母亲的魂灵,
叫伊在井边等候着我。

黄昏时月光是看不见的,
但夜一来了,伊就照亮整个天空。
河们,伊们是姊妹们,
因为伊们是从一座山上流下的。

咒语[1]

你这小的榛树枝,
你这生近河水,近的他要吻你的,
你这因生的太近河水从来没有见过日头的,
我在日头大意时把你折了下来,
我带你来这里时,把你放在左边胸膛上,
我并且把你拿在手掌里。

轻轻的落在灰上,——不要惊动了他们:
灰是很喜欢睡的;
紧挨着他们藏起,——那时你就可以去了,
你这小的榛树枝;
如果你愿意去我叫你去的地方,
我爱的居住的地方,
那时生你的树上到了春天
就要开出最令人爱的花来了。

他正睡着。现在你就问他可作着梦,
他如作梦时,你就叫他梦我。

小的榛树枝啊，
你要变成他心中的悲戚；
你并要告诉他，他心中的悲戚
梦着的只是我；
你要使他起一个不安的欲望。

我心爱的现在那里？——说罢，他几时能来？
我已经吩咐了睡眠不要亲近他，
吩咐了他喝的水一滴滴的将我的影子
呈现在他的眼前，
吩咐了他芳香的面包使他想起
我与他接吻时的双唇。
他的床要把我唱的歌低吟给他听；
我白色的面纱要把他围起
如同光线围起人们的样子；
我的脚步声要在他耳里不断的响着，
他并要自己以为看见
我一直向他走近，走近，
但总是走不到他的身边。
他并要在他的房子向他说"来这里歇下罢"的时候

回答他的房子:"在你的里面是歇不下的。"

他又要向门槛的石头说:

"你这令人闷气的石头!"

向高兴的鸟儿说:"你们好不丧气!"

向悲戚的坟墓说:"你好不令人欢喜!"

在没与我接吻以前的时候

他吃面包总要吃不出一点滋味。

这事是你要作的,你这小的榛树枝,

你这生近河水,近的他要吻你的,

你这因生的太近河水从来没有见过日头的。

注释:

1 念咒语时,女巫站在伊家里炉火的旁边;伊一面念着咒语,一面拿着榛树枝在炉中已冷的灰上尽摇。

干姊妹[1] 相和歌

两条路边都生着果树林子；
一个林子上的叶子还是绿的，
一个上的已经落了，——
看哪，我们要走有绿树林的那条路。

干妹妹的歌

姊姊，说呀！为什么你不早就告诉了我呢？
我们同纺了三竿的羊毛，但是，你的手，
我没看见他颤过。
我一提到了他，
你就低下头去，就着木桶喝水；
那时我还以为你是渴的厉害呢。
姊姊啊！你那样钳住口不响，是从坟墓学来的么？
你可曾想到，坟墓若能开口时，
他们将十分快活么？
我一向你说到他，
你就弄着我腰带上飘展的穗子，
那时我还以为你的手指是闲着没事作呢。

你从来没问过我,他的家里怎样;
只要你这样一问,我当时就会明白,
明白你也爱他,
那时我就会用全身的力量去止住爱他了。
但现在我们都爱他了,我们两个;
现在我们的这两个爱情好像河水
因为流个不住哭泣,
不过却不能止住不流了。
我现在恨你,你所作的事都使我生恨;
我的思想被你纺锤叽呱的声音扰乱了,
我听到你唱歌,还以为你唱的是挽歌呢。
他走近我们时,我们彼此一瞟,
看那个最是想他;
他所亲近的一个唇上满是微笑,
但那个的眼下却是两把尖刀。
他离开我们时,我们彼此一瞟,
看那个最是悲戚。

干姊姊的歌

妹妹啊,妹妹!你玻璃的耳环好白;

你跳舞时,他们紧贴着你的脸,
那时连我都想与你一同跳舞呢。
现在我却想你死,——但你真死了
我可也不情愿,怕那时他会为你哭泣,
那么我就要知道,他只爱你一人;
如果真是这样,我宁可不知道,——
树毫不知道斧子要来砍他的这回事,
却自立在日光里欢喜。
我问,为什么你带上这么多的项圈,
你连一声也不回答我。
我仿佛看见你一天美似一天,
我就动疑,怕你真是他爱的;
因你心里快活,你外面就这样美丽起来了。
你纺锤上的羊毛仿佛更白。
我看见你站在井边的时候,
就问:"伊为什么站在这里?"
怕你是等候着他呢。
你睡觉时我也没安稳过,
因你梦里一定梦着他,
他那时或者说他爱你,

我的影子却不能在旁说:"你撒谎了。"

妹妹啊。妹妹!是那时你忤逆了母亲,

还是那时我忘记了给过路人水喝,

以至现在上帝这样责罚我们呢?

我宁可没有圣烛在旁的死了,

或是明天看见我的房子墙壁上的花儿被抹去了,[2]

也不愿受这罪,这你来分受时反变重了的罪。

决不!我真要祝福那妇人,

那来我门槛上唱挽歌,咒我一个月里死去的。

但我也不愿死去,因他不会悲哀;

那时我就一定会知道,他是爱你了。

两条路边都生着果树林子;

一个林子上的叶子还是绿的,

一个上的已经落了,——

看哪,我们要走有绿树林的那条路。

注释:

1 Surata 是 Sora(姉妹)的变形字,意义略同我国的干姊妹。路国干姊妹结拜时,得在礼拜堂里行结拜礼;行礼时,两人的脚系在一处,象征伊们间此后的关系。伊们结拜后,就同真姊妹一样:两人不能同嫁兄弟,这个也不能嫁给那个的兄弟。

2 路国风俗:有闺女的人家墙上画着花朵;女行不贞时,同村的少年就来把花朵抹去。

纺纱歌[1]

　　哟，不要离开我罢，我一人孤寂的很。

妈呀，我头发白了的时候，
我将用面纱在头上扎的紧紧的，
庶乎人家不会看出，我的头发白的这样了；
那时我能知道的事真要多的很嚜，
我能知道，比方说罢，你为什么啼哭。
他，我爱的，他那时也要老了，
他也要戴起皮帽，
庶乎人家不会看出，他的头发白的那样了；
到那时我就可以说出，我爱他了，
我要时时向他说这句话，
说的他会重新年轻起来了。
我并要向他说："你可还记得
那天我在井边不肯向你笑的时候？
我不笑，正是因为我爱你。"
妈，要是我能早点年老，
这话我就可以早点告诉他了！

哟，不要离开我罢，我一人孤寂的很。

那时小姑娘们就要求我
把我的一生说给伊们听，我就要告诉伊们
我的一生与我一生里许多快意的事情，——
我的小女孩子，冬天来了的时候
树再也不会想到他所结的果子，
你，你那时也要忘记你所有的微笑的。

妈啊，亲妈，你不要说这话！
我当微笑时想到以后悲戚笑不出来的时候，
我这时的欢乐岂不要更加一倍？
——孩子，年年春天里鸟儿歌唱，
但今年的鸟儿已经不是去年的。
年年田里谷子成熟，
但每回下的都是新种子。
正同他们一样，人的心声只能歌唱一次，
人的心田的谷子也只能成熟一回。

妈啊，亲妈，你不要说这话！

我老了的时候,

我将向谷子与鸟儿微笑,

并向他们说:"我也曾开花,歌唱过的。"

　　哟,不要离开我罢,我一人孤寂的很。

注释:

1　唱纺纱歌时,一大群姑娘们围成一个圈子,各纺着纱;圈子中间也有一个姑娘,是伊们里最会纺纱与唱歌的。这个姑娘起首自造一歌,唱出;唱时,任把伊的纱锤扔给一人,伊自己却拿住系起了这纺锤的线头。那接到了纺锤的人,一面就得纺圈中人为伊抽出的麻,(这样纺纱是件很不容易的事,)一面还得顺着圈中人的歌儿的意思;接着把他造出,唱下去。

月亮

一株绿的,绿的树立在我的院子里,
日光恋伊,
微风摇伊,
但雪落时树忘却春日曾来过这里的。

月光,伊怕日光的很,
因为日光的心里十分清楚
为什么月光会是这样灰白的。
月亮不愿日头说出伊的秘密,
于是日出时伊就隐起,
这样庶日头或者把他忘记了。
但我是日头的兄弟,
他把他的秘密都告诉了我:
他说他怎样教的鸟儿会唱歌,
怎样教的稻穗变成黄金,
怎样教的树林生得青葱可爱。
这样他就顺口说出
月亮灰白的缘故了。

月亮，伊是一个少女的心，
那里爱情曾来住过的；
哎，那时日光装满少女的心里。
但到爱情离了那里的时候，
那时伊就灰白起来了。
造物把伊移到天上，
但伊仍戚戚的看着下面爱情的住处，
这时伊更灰白了。

月光，伊怕日光的很，
因为日光的心里十分清楚
为什么月光会是这样灰白的。

伊出现的时候，河水说：
"小女子灰白的心啊，
来，在我们的怀里安息。"
睡梦里鸟儿向伊说：
"来，到我们的巢里，与我们一同安息。"
坟墓说：
"少女的心，灰白的心，你使我更加灰白。"

万物都睡下去了,
庶伊也可以睡下。
但伊虽看见他们一齐睡了,
伊却不闭眼,也不点头,
只立着,细看着睡眠。

一株绿的,绿的树生在我院子里,
日光恋伊,
微风摇伊;
但雪落时树忘却春日曾来过这里的。

吉卜西[1]的歌

我手颤着轻摸你白汗衣的折叠,
与绕在你颈子上的碧珠串。
从前我的帐篷前火光熊熊,
现在你看,——火光灭了。

从前在山下,当黄昏的迷人时候,
你把新鲜,甜美的双唇给了我;
那时我的心乐的怦怦跳荡,
现在你听,——他不跳了。

在草地上,白杨的树荫下,
午日射不到处,我们高兴的散步;
那时爱情初生,强壮而好看,
你可知道?——爱情现在死了。

因为你的心黑,趋向堕落,
所以就是爱情,他也无力止得住你。
我的帐篷前火光曾熊熊过,

现在你看,——火已冷了。

注释:

1 "吉卜西"族人居徙不定。他们住在土洞中或帐篷里,靠着算命、贩牛马、唱歌、补镘破漏的铜铁杂器等事过活。他们在十五世纪初叶从亚洲流入欧洲。他们自有的语言是梵语的一种,不过添加了许多他们所经过的国家的文字罢了。从起源与文字两点来看,他们多半是印度人。

军人的歌

日长的时节已经过去,夜长的时节
现在到了,我们坐在炉火边唱着歌儿;
我们唱歌,是纪念他们,已经去世的英雄;
在我们的四周他们的魂灵也唱起歌来了。

我在星光下手抚心的睡下,
我在灿烂的朝暾里前进;
我向星说:"当你们见我长眠的时候,——"
我向日头说:"你还要看见我的赤血;"
星喜欢看见我安稳的睡着,
日头看见我勇敢的战斗时,也是欢喜。
我手里的兵器与树上的叶子一样的轻,
与苹果树枝上最早开的白花一样的轻;
我真情愿年轻时在苹果树的绿荫里死了,
好令树上的白花能雨似的洒在我的身上。
如果我死在被风刮干的玉米秆间,
玉米秆仍旧会像从前在风里沙沙的响的;
或者我死在那面古井的旁边,

人家也仍旧会像从前从井里汲他们的水的。

不过我爱的啊！在你的胸间，在你的会有泪如雨下的
　胸间，

我却不能死在那里。

这是因为我情愿在灿烂的朝暾里

脸上泛着笑容，心里高高兴兴的上路去。

不要有女人为我悲啼，唱挽歌罢，

只要有一人，一人挖出装我的坟墓。

今晚的月光好不温柔可爱！

说不定，我爱的，他因为看见了你，

因为被你的美色所感化了，

于是对你的邻居也很温柔的。

风燕子般快的飘过去了，

说不定，他现在正扬起了你的面纱；

因爱你而并爱全个世界了。

游人喜爱英雄的坟墓，

仿佛它曾被你踏过似的，

（你踏过坟墓时，坟墓的心里也是快活；）

游人既爱英雄的坟墓，

英雄当游人在他安息的地方叉手作十字形的时候

也是会在坟墓里欢喜的。

大家的心思随着英雄远行,
与他作伴,直到他去世的时候;
他的去世神圣而被祝福,
有如里面躺着小孩子的摇篮;
正是,他头顶上的旗子颜色洁白,
有如包裹小孩子的襁褓,
死神给他的接吻味道甜美,
有如母亲给伊孩子的。
他的长眠珍藏在大家的心里,
并被歌颂于他们在炉火旁所唱的歌里。
春天花开的时候,他们说:
"他现在不能看见伊们了。"
他们向他的母亲说:
"母亲呀,我们恭喜你:
因为你是他的母亲!"
他们向他的妻子说:
"大姊呀,你被祝福了:
因为你是他的妻子!"

他们向他的孩子说:"你们是他的孩子。"
母亲,妻子,孩子进香人似的来到他的坟边,
谢谢他作了他们的儿子,丈夫,父亲;
他心中也很快活,因为他觉着他们靠他很近,
不错,他们正在他的坟墓的旁边。
星喜欢看见他安稳的睡着,
日头看见他勇敢地战斗时,也是欢喜。——

日长的时节已经过去,夜长的时节
现在到了我们坐在炉火边,唱着歌儿;
我们唱歌,是纪念他们,已经去世的英雄;
在我们的四周他们的魂灵也唱起歌来了。

疯[1]

河水不落时,
我们不能再见柳树的根儿。

我从来没留过他,因这已注定了,
我的命里这已注定了:我们是应当分离的。

但火仍烧着,仿佛它能暖我似的。
明天是礼拜日,农家将要快乐。

那么你就不要以为是我把他留下伴我的;
他走了,——但又回来了,并且每晚回来。
——坐在火边,我爱的,再挪近点;
你并不像我这样冷,火还能够暖你呢。
你看,我太冷了,就是有火也没用处,
我常是这样冰冷的。
哎!我爱的,你真好,你回来了,
回到我这里,——你回来的路是那条呢?
可是那条,路边有磨坊。坊里有磨声吟着的?

还是那条,径边有缭绕的莓丛,

他们枝上鲜丽的浆果曾染红过我的双唇的?

但是,得了!我爱的,你真好,你回来了!

如果死者能回阳世,人一定向他们说:

"你们真好,你们回来了!"——但我爱你远过于我的一切死者,

为他们我曾流过伤心的眼泪。

但你真好,你还活着,你也没使我流过眼泪。

你应该知道,这里还有月亮,与无数的明星;

但我爱你远过于伊们,

你与我在一处时,我从来没看过伊们;

但你一离开了我的时候啊!

那时我就看着伊们,与伊们谈论着你。

我知道你快来了,我就燃着了火,

火边我们坐着,低语,喁喁的低语。

那时我的悲戚飞开了;——但你去时我就熄了火。

因为火说:"他不在时我为什么应当燃着呢?"

你再来时,走莓丛边的那条小路罢,

不要向别个问路,也不要向别个讨水喝,

——切不要问别的妇人;把你的渴口全留给我。

别的妇人,伊们自有伊们的面纱[2]与纺锤。

我挑什么歌是好?你喜欢我唱那个歌儿给你听呢?

河水流过,卷去未亡人的眼泪。

树林里的果子树快落叶了。

我年少,但也年老,人都可怜我。

但我这么快活,为什么人家还可怜我呢?

我燃着了火,因我知道你快来了。

河水不落时,

我们不能再见柳树的根儿。

注释:

1 《疯》这歌是伐佳列司珂女士亲耳听到一个失了恋人的妇人唱出的。这妇人在家里再也不能安身,却常到女士家旁边一个树林里徘徊;到了晚间,伊就燃起伊的歌里所提到的火,在火边坐下,唱着伊答应给伊幻想来了伊的身边的恋人唱的歌儿。

2 路国风俗:只有已嫁的妇人可用面纱。

独居

因为一朵小小的花儿
初次看见了雪,见他色白,这样色白
伊心中一定很是稀奇。
伊说:"雪是决不会损害我的,决不会使我吃亏的,
你看他的颜色这样洁白!"

一晚上在炉火的旁边
你说了一个故事给我听,
我那时只是转眼向外,看着原野。
玉米成熟了,这处是玉米,那处也是,
玉米布满了整个原野。
我转眼向外,注视着原野,
庶乎不会看见你的两眼;
我在你正说着时,搀嘴进去,
叫你喝水,我一刻又搀嘴进去,
叫你看那边原野上的玉米。
什么时候你能再回来说个故事给我听?
——你说的故事我已不知道他是什么了,

但你的声音我却还清楚记得；

我知道，现在你是走了，

并且我是不应当去寻找你的。

你是不情愿在这里与我们一同住的了；

但如果是房屋阴郁的话，

你为什么从来总没说过？

只要你一说，我当时就会嘻嘻哈哈的，

使房屋变成和气煦煦了。

或者如果是门槛石不好看的话，

你又为什么也一直没有说过？

只要你一说，我当时就会在石边种起花来，

使伊们可以茂盛的令门槛石看不见了。

或者如果是你不情愿，我在你面前的话，

你又为什么不立刻就告诉了我？

只要你一说，我当时就会走到坟墓里去，

好令你能安逸的住在这所房子里。

我岂不知道，就游人的脚说来，

无论那条路总是长的；

异乡不能知道他的心；

他无论多么悲戚，

异乡人的心总是不会动的?
异乡人自有他们的家庭,妻子,母亲,
与他们从小喝到年纪大了的河水;
到那时他们不过会这样问你:
"你为什么离开了你的母亲妻子呢?"

在火边你说了一个故事给我听,
你的眼睛只是一直看着火,
庶乎不会看见我的眼泪。
我的眼泪流入炉火里面,
炉火向眼泪说:
"你们是要把我熄了吗?"

你说了一个故事给我听,——我呢,
我在你正说着时,搀嘴进去,
叫你喝水,我一刻又搀嘴进去,
叫你看那边原野上的玉米。

因为一朵小小的花儿
初次看见了雪见他色白,这样色白,

伊心中一定很是稀奇。

伊说:"雪是决不会损害我的,决不会使我吃亏的,你看他的颜色这样洁白!"

被诅咒的歌

我从来没向风说过,我很爱他,
但他沙沙刮过树林的时候,
我实在是很爱听的。
春天的长夜又快来了,
到了那时草地将向花朵说:
"你们又到这里来了!"

谁能知道,我在这所空房子里
流过了多少的眼泪?
房子已空,自然是没人能知道了。
我从前常唱一歌,为了他我的恋人
有一次向我说:"咦,不要再唱那歌了!
你一唱那歌,我就会不顺遂。"
后来我的恋人离了家乡,
我,我想他得很,一直想他得很,
以至那歌不知不觉的又到了唇边了。
于是一天傍晚的时候,我的门边
来了一个过路人,——我向他说:

"哎，你从远方来的客人，
将来还要走远路的，
你可知道，我心爱的人现在那里？"
他的刀上有血，——但我毫不害怕，
因为那时我正想着我的恋人。
游人说："让我听听那歌，
那时我就要告诉你他遇着了什么，
正是，告诉你，他，你的恋人，现在怎样了。"

于是我一时大意，唱起歌来了，——
我大意的把我的诺言都忘记了，——
那游人，抖着，站在门边听我唱歌；
这时我才看出他的脸憔悴而灰白来了——
"哼，我，"他说，"我就是你恋人的魂灵！
你既唱了这歌，——你就被诅咒了！"
我说："我给你唱这歌，只是为着恋爱！"
但他的魂灵仍旧走了，永远不会再来了，
——我，我是被诅咒了，
现在我的身边一切东西
都唱着他吩咐我永不许唱的歌儿。

我从来没向风说过，我很爱他，
但它沙沙刮过树林的时候，
我实在是很爱听的。
春天的长夜又快来了，
到了那时草地将向花朵说：
"你们又到这里来了！"

未亡人

日头远隐在柳丛的背后,
柳丛因为藏起日头,浑身抖着。

日暮时我家门上如有敲门的声音,
我起初一定会以为是他回来了,
但一刻我就会想起,他已去了世,
这回来的只是他可爱的魂灵罢了;
那时我就要叫他进来,
向我的身边走近,走近。
他可爱的魂灵将问我:
"孩子们及种的玉米,养的牛,
他们都好吗?"
我那时就要回答:"都好。"
这样庶他能安稳的睡着。
但我却不情愿他可爱的魂灵问我:
"你心中的悲戚现在怎样了?"
因为死人面前既是不能撒谎,
我那时没法,也只得回答:"它没减退。"

这样他可爱的魂灵
就要永久不得安宁了。
他可爱的魂灵一定还会向我要花的,
那时我就要把花给他,
但我却不情愿他向我要喝的水,
因为只有生人的眼泪可作死人喝的水,
我却又不情愿他看出了
这些眼泪是我的。
他可爱的魂灵将想起看孩子们与房屋,
看他们可是到底没变,
那时我就要引他去看孩子们与房屋,
因为他们本来没变。
但我却不情愿他可爱的魂灵叫我让他看我的脸,
因为死人眼尖,他那时一定会看出
悲戚在我的脸上刻下皱纹了。
哎!一定不可如此。
那么日暮时他可爱的魂灵来敲门时,
我就该能够这样回答他:
"家里一切都好——是的,连同我的心里,脸上;
我已经把你忘记了,

你再回去，安稳的睡下罢。"——死人是不可哭的，——
"家里一切都好。"
他可爱的魂灵那时就会从原路走回坟里，
不再回头看一看，
他可爱的灵魂将从此不再起来，
在日暮时来到这里敲门了。

日头远隐在柳丛的背后，
柳丛因为藏起日头，浑身抖着。

重译人跋

民歌是民族的心声，正如诗是诗人的。又如从一个诗人的诗可以推见他的人生观、宇宙观、宗教观，我们从一个民族的民歌也可以推见这民族的生活环境风俗和思路。从别一方面看民歌内包的，或文学的价值固然极有趣味，从这一方面看民歌外延的或科学的价值也是极有用处的。

从这部《丹波危查的歌者》我们至少可以看出路国人有四点特出的地方，这四点就是生性忧郁，酷好战争，亲友自然，迷信鬼神。后两种特点一切原民都有，并不只限于路人，不过彼此的信仰不同，亲友自然的程度有点高低罢了；前两种特点却是有路国的历史作他们的背景的。

这书中一首歌里一个少女说伊虽不知道伊的恋人将要是谁，伊却知道他给伊的赠品里一定会有痛苦一物。有一首歌，歌里一个男子向他的恋人诉爱时还是念念不忘坟墓中的死人：他求伊不要摘去坟上的花，不要打破他们的沉寂，不要把春天的乐处告诉他们。又有一首歌，歌里说一个悲戚的母亲与一个快活的孩子同走一路，伊走的比他快；他们同吊井水给一人喝时，伊吊上的又比他快；他们离开了这人时，在这人的脑里伊的影子还是清清楚楚的，那快活的孩子的却跟着他的去影小了，不见了。就是海都克，路人从古以来崇拜的英雄，在他们的心目中也是命运偃蹇的。他们所以这样忧郁大概是为了他们的国家从古到今一直被外人所侵犯蹂躏，他们从来没有得到过片刻以上的安宁的原故。

正因为他们家国的幸福被他国所骚扰剥夺了，他们就极力的看重喜爱战争——保护家国的唯一兵器。这种好战的心理时时自然的，也有时有意的，流露于他们歌唱的时候，他们举行国舞时，唱一个歌；歌里说海都克寻找一个妇人（这妇人跳舞的少年们也都说曾经爱过的），这妇人等他，只是为着要杀死他，他也知道伊的意思，不过仍旧甘心愿意，兴高采烈、穿山越岭的去投身于伊的面前：这妇人岂不就是战争？在母亲给伊的孩子唱的摇篮歌里——这歌岂不应当像陶渊明的诗？——我们只听到伊叫他战死，流血一类的话；在少女对伊的恋人问伊可要珠镶的腰带，银打的项圈的话的回答里——这回答岂不应当像温柔芳馥的春风？——我们只听到伊要能染红腰带，加重项圈的血！女人这样，男人可知。古代路国都城被人攻破的时候，路人自己一把火把它烧光了；有这样的祖宗，自然也有这样的后人了。

路人好战，太厉害了，因之也就残忍。书里有一处说一把刀子埋怨没有人血温他，还有一处说两把刀子抢着说，我杀的人他的血多暖，我杀的人他的血多红！不过这也不能过怪他们：他们也多成是势逼处此啊。

说到亲友自然这点，我们可以到处看出；就一处所说的
"你可知道收获了的谷子说些什么？
'我们被割起，只因我们太爱日光了'"。
又一处所说的
"白雾下降鸟远飞了；
黄昏里我看见他们飞过。
炉火熊熊，风的抽噎更高了，
风悲，因为他也冷得很"。
我们可以推见路人是怎样的与自然相融合了。

关于他们的迷信，书中有一处说"今晚落了颗星，不要出去罢"，可见他们相信星落不是吉兆了；他们这个迷信与我国乡民说的"天上落下一颗星，地上就要死一个人"的话很是相像。他们又相信给过路人水喝，同就给死人水喝一样。还有一首歌里说一个过路人在一家歇下，他带着一个口袋，袋里装的只是一块石头；这石头不知是指的什么。

重译人作这跋的目的只是想供给与读者一些在译文外的有用的材料，以补助他们的探求；如果这点目的可算达到，那么重译人就要自幸，这跋不是枉作了。

番石榴集

埃及

他死者合体入唯一之神

啊,永存之王笏的国,
啊,日神那光明之舟的泊所。
啊,神圣之形象上的白冠!
我来了!我便是婴儿!我便是婴儿!
我的头发是努,面庞是日盘,
双睛是哈索尔,颈项是哀西司;——
我这躯体上每个器官都是神,
我的骨、肉是各生神的名字。
陀忒蔽覆我,因为一直的,每天,
作着日神,我来,我来,作着那名字
人尚不知的。我来,作昨日,
作先知,预言那未来的亿万年,
向了那些仍未入算的多少国家,民族。
我便是婴儿走下大道,
那昨日,今日,明朝的大道。
我是一,唯一,永恒的
在他那穿越过一切宇宙的躔道上周行;

他的霎那在你们的体内,他的一切形象
却安息在它们的庙宇中,玄秘而显露;
他把握你们在掌中,却无人
能把握;他知晓你们的名字,季候,
你们,任何凡人,却不能知晓他;
为了他,时日延绵的过去,回还,
光华的推向时间的结局。

是的,我便是他,再也不死了;
任是人,任是成圣的死者,甚至神,
都不能从我那不朽的道上拖了我回头!

选自《死书》

他完成了他的胜利

好哇,你这从月中放射光明,
行走过纷拥的夜空,
高擎着火炬的!

我也行来了,一个光耀的灵魂,
牢立在双足上,
虽是有仇敌阴森。

大放开死门,
为了我,我擎来有金棒,
胜利的,穿行过了黑暗!

选自《死书》

阿拉伯

莫取媚于人世

——赛维尔国王穆塔密德

莫忙着取媚于人世,要知道
    那华彩的颜色,锦绣的衫裳
    所遮覆起的是"无信"与"轻荡"。
    (穆塔密德,老去的人,你听着。)

从前说少年的利刃不生锈,
    向倒影要井水,向沙要蔷薇——
    这大谜到如今我们才领会;
我们从此有智慧插在土丘。

水仙歌

有了娇容我并不醉狂,
看这慵困的双目;
我匀称如乐歌;
华贵的是我这家门。

我凝视着百花,
我与百花密谈于月夜。
娇容虽是高位我于花丛,
我还是一个奴隶。

我是一个奴隶,
是驯良之绦带,
是佳婢,
躯体笔直的侍立,
垂头。

我裸露着颈项,
留守在我那纯洁的帐幕,
那安扎于翡翠柱头的;

我的衣衫是金与银。

幽娴,没的讥论我瞳子流动
在低头临水的时候。

选自《千一夜集》

永远的警伺着

———————————————————————— 夏腊

既不鼓舞他也不怨望；默然他忍受一切，
高企并深往；辽远哪是他那探讨的游踪。
在一个沙漠上他望午日；夕阳在又一个；
像孤独的野驴，他驰过峻峭崎岖的山脊。
骠疾过长往的风，他直往而前，不停不歇，
（野犷的，那落后的风在远方喘息，呻吟着；）
睡眠轻覆在他的眼皮上，他还说是沉重；
永远的警伺着时机，好拔出来他的弯刀；
好把弯刀插进乌合的敌人的那热血里。

我们少年的时日

——无名氏

我们少年的时日,我们光荣的时日。
　　力诞生有快乐,给了我们,手中握刀。
智慧都低首下心;我们俘虏了"俘虏"。
　　是国王,主宰有生命,爱情,四方进贡。

我何必说智慧?胜利轮不到给智者。
　　理性,那蠢牛,所耕的田地不长欢娱。
无畏的骑士拍着腿,荒唐跑得真快。
　　荒唐,那不用鞍跨着的,莽原上的马。

雄大的我有野心,我要吞并全世界。
　　为了你,灵魂的匹配啊,我要大帝国。
版图外如有新土地,凭了天我发誓,
　　到夜间,它们便,永远,成了我的,你的。

时间是我们,命运的奴隶。不需年月,
　　我们成熟。我们握有全世界的锁钥。
一天是一度生命。我们并没有明日。

昨日，爱情不认得它；今天是我们的。

看哪，送来我给你的这些末药，香料！
  为了黄金，我的足迹踏遍有一万国。
为了你，我奄有一切的智识，那愚人，
  挨了脚，学到的，噙了泪，智者学到的。

委身与爱情，除了疯狂更没有神圣。
  委身与我，神坛最深处爱情的祭司。
对了全世界闭目，崇高的来作牺牲。
  唯有屈服意志的智者能得到胜利。

向了光明闭目。在这幽室的阴影中，
  比起太阳，我有更高的梦放射与你。
今夜我的目光岂不灿烂过那梦光？
  看它一阵阵的照在你那脸上，心头。

屏去那犹豫。你在这里，理性告诉我。
  用你的双唇我来谈爱，谈到你遗忘。
用甜美过天使的言词我来搂抱你，

如此,手放在你的心上,好教它不跳。

我来拿笑声治悲哀,拿亲吻治恐惧。
　拿惊讶驱退疑惑,拿泪珠吁求身价。
我来羞去那羞容,我来晕去那红晕。
　我来指示你爱情的大胆不顾一切。

我来解开那胸,向你实证它的光彩。
　我来拿你作题目,通宵的,向你传道。
我来唱新的颂歌崇拜你,向你跪着,
　神祇的我仍然立起,自黑夜到天明。

我来用手,用双唇,用胸膛发挥恋爱。
　用四肢阐明灵魂所能登上的极乐。
我来教你身受到你所供奉的神祇
　显现出肉身来满足那灵魂的饥渴。

看哪,在爱情之峰上,最神圣的圣地,
　腾起了香烟与祈祷与信士的高呼。
爱情降临了祭筵。爱情跨步上燔燎。

牺牲，祭司，神祇，一体的，向了你显现。

礼成了，爱情所知道的你都知道了。
　　突然间牺牲踉跄，倒下。它躺在那里。
看那为你流的鲜血，它泛滥了神坛。
　　你在血脉中可曾感到？在那里它流。

这是我们少年的时日，君临的时日。
　　其他一切都是死的梦，幻影不可凭。
这里，我们总尝了爱情，生命的智慧，
　　一霎那中的极乐；明日呢，去了，永别！

波斯

《圣书》节译

——左若亚斯忒

这些我问你——主啊，宣示出真相！
谁是父，那"神圣"的第一个先人？
谁来划定了日、星所行的躔道？
谁，是谁教月亮圆满了又残缺？
这些，与别的，帝啊，我都想知悉。

这些我问你——主啊，宣示出真相！
谁在下面安牢了大地，在上头
教天不倒塌？造成水、木的是谁？
谁拿迅疾驾上了云霾与风飙？
谁，麻兹达啊，是"善思"的创始者？

这些我问你——主啊，宣示出真相！
谁，仁慈的，创造了黑暗与光明？
谁，仁慈的，将睡眠与醒觉创造？
谁划分出早晨与中午与夜间，
来提撕明智的人，莫忘了天责？

一个美丽

———— 茹密

一个美丽通宵的拿爱术传授与金星、月亮；
施展了魔法，他用双目封闭起天宇的双目。
向你们的心里看！回教徒啊，任是什么来临，
总没有心能融合入我，我久已与他合体了。
最初的他凭爱情产生了我，最后的我拿心
交给他；在枝头果实长出，它便悬在那枝头。
他那卷发的尖端说道："嗨！你去学习跳绳索。"
这支蜡烛的面腮说道："那里有飞蛾来自焚？"
为了跳那根绳索，快点，心啊，快点化成环子；
投身去火焰里，在蜡烛燃烧，光亮了的时候。
尝过了炙焚的味，没有火焰你便不要生存；
便是生之水来了，也不能引逗你离开那火。

《茹拜迓忒》选译

阿玛·加漾

有一天夜间,在腊麻赞市场,
还不曾升起那更佳的月亮,
孑然我站在老陶匠的铺里,
看着泥土的丁口成列成行。

说起来是奇闻,这一班土类
有些会作人声——也有些不会;
脾气更为焦躁,有一个高呼:
"谁是陶匠,请问,陶器又是谁?"

一个开言:"想来总不会徒劳,
从地上挖起了抟我的质料,
玄妙的他既然赋我以形象,
总不会在地上又拿我踩掉。"

一个说道:"便是劣性的孩童
也舍不得摔碎盛蜜的小盅;
难道他珍惜的造成了器物,

如今盛怒的好摧毁去前功!"

没有人回答得这疑问;停逗
有片时,一个说:(他面容丑陋)
"大家都嘲笑我歪咧在一边:
怎么!可是当时他颤动了手?"

"大家都议论着有某某掌坛,
涂了地狱的烟灰,相貌难堪;
我们说是要检察,"一个道,"啐!
他的坛掌得好,想必总平安。"

一个说着,他叹气又深又长,
"我的泥质久已枯涸在遗忘:
不多时我总能恢复得圆润,
只须倾入那旧相好的水浆。"

如此回环的他们喋喋不休;
有一个瞧见了久盼的月钩:
他们交挤着臂膀,呼哥唤弟,

"听那陶匠在肩上响着骨头!"

我的残生,哎,用葡萄来供给;
丧了生,便用它来洗净尸体,
再用葡萄的叶瓣作为殓巾;
埋起我在一座名园的边际:
如此,我的残灰便能在天上
散布开来一个芬芳的罗网,
拿过路去真诚的那班信徒
在不知不觉间网进这清香。

那多少神像,我供奉了许久,
对了世人居然按捺我低头,
在浅盏中溺毙了我的身价,
将我的声名兑为一次歌讴。

当初我赌过咒要忏悔前非——
不过赌咒的时光,是醒,是醉?
春天又来了,那"玫瑰在手中"
拿这褴褛的悔心给我撕碎。

虽说像叛教徒,美酒不真心,
剥去了身价上我披的衣襟——
我常时却纳罕酒商能买到
什么,抵得上这卖去的货品。

带了玫瑰,哎,春天一去不回!
少年这书卷,虽是含蕴芳菲,
也要关起!夜莺歌咏在枝上,
那知道她何处来,去的,有谁?

爱呀!要是与命运能以串通,
拿残缺的宇宙把握在掌中,
我与你便能摔碎了——又抟起,
抟成了如意的另一个穹隆!

勇敢

——萨第

谁在人生之炉内受过磨炼,
凭了心意便能无畏的直言。

在艰难里没有出路好脱逃,
用手在锋口上他抓起那刀。

一个舞女

―――――――――――――――― 萨第

我听说，一次，应和了那急节，
有女郎起来舞蹈，好比明月，
花是双唇，巴瑞的脸；在四周
挤拢有伸颈的恋人；不多歇。

飘来有火星，落在她的裙上，
燃起了那飞绡。恐怖与惊慌
在那颗小心里搅动，她大叫。
一个恋人说，"爱情的郁金香，
何必心焦？这扑灭了的火焰
只焚去你一瓣，我却被双眼
你射来的烈火全烧成了灰——
根、茎与花、叶！"——"咦，只知道自怜

自叹的人！"——回答着轻轻她笑，
"真爱我，你便不会如此说道。
唯有薄幸者不能设身处地：
这番道理真情种无不知晓！"

曲（一）

——— 哈菲士

蔷薇算不得蔷薇，除非看见；
没有美酒来赏，便不算春天。

没有你那双郁金香的面庞，
花园里，草坪上便失去芬芳。

你那蔷薇的肢体，除非搂抱，
就我看来便失去一半娇好；

你那朱唇，除非我口对了口
来吮吸，并没有甜蜜在上头。

柏树枉然地在西风里婀娜，
倘如没有夜莺在枝头唱歌。

没有美丽图绘在我的心上，
除了她那一幅美丽的形象。

酒不美,旧园中没有绿油油——
除非来同赏我有一个朋友。
哈菲士,菲质的是你那灵魂:
莫为她在上面刻划成形影。

曲(二)

———————————————————哈菲士

当初常说的,如今我再讲明:
我,虽是浪游,并未离开自己。
我是鹦鹉;镜子对了面擎着;
永恒说的话,期艾着我复述。
蓟草,蔷薇,任你拿来我都吃;
按了所服食的,我生长,结果。
莫鄙夷我,因为有一颗珠子
我擎着,我正在寻人去托付。

印度

国王
美丽的盘绕；
举动上狂暴；
蜿蜒着前行；
披甲有利兵；
无法御粗鲁，
除了施蛊术——
在这些点上，
唯有蛇像国王。

路崎岖，巇险，
高峻抵青天——
有下人走过
烂熟的低坡；
包藏着野物，
瘠身并饥腹——
在这些点上，
唯有山像国王。

舞爪的物类，龇牙的物类，
　　它们都不可依傍；
不可依傍的还有那刀手，
　　江河，女子，与国王。

　　　　　　　　　　　　录自《五书》

秋

———————————————— 迦利达沙

秋天来了,是一个女郎,
　　修长内兼有苗条,
嘉禾颤动在她的鬓上,
面庞是菡萏轻描。
衣衫织就了草花热闹;
　　翩然的行过秋乡,
迎了她鸟雀齐声喧叫,
　　有如那环珮铿锵。

在夜空上有宝冠呈露,
　　串串的编着明星;
无翳的月光轻盈似雾,
　　为秋天披上衣襟;
摇漾在面庞(那片圆镜)
　　是笑容如有如无:
她是苗条的少女,行进
　　"人生"的平坦中途。

在稻田里有穗茎修长
　　对了风一身颤抖；
垂垂的花树舞蹈癫狂，
　　拦了腰被风紧搂；
花儿与花儿接吻，点头，
　　在风吹皱的莲塘——
是风把一点恋情挑逗
　　秋天的年少儿郎。

　　　　　　　　　　选自《季候诗》

恬静

———————————————— 巴忒利哈黎

魂魄啊，莫懊丧！现在去幽林，
便是我们两个：要充饥，便去
寻野果；要睡眠无梦的来临，
  便去寻秾密中的树枝。

在那里，夸诞的、放肆的权势；
抖动着铜毒的舌头；与尘境
万有的声音；都会消灭下去，
  不来扰乱我们的恬静。

俳句

———————————————— 巴忒利哈黎

肩比肩的离了港，那些船
　　各别的去寻幽命。

希腊

曲——给美神

沙孚

高坐在百花中,不死的美神,
天帝之女,啊,可怖的女魔王,
不要再拿这悲伤,与这痛苦,
 神啊,碎我的心!

倾耳你再听我的呼声!细听!
来,有如岛国的那晨你来过,
波动着贝车,到沙孚的身前,
 慈悲的,从天帝

那黄金的宫殿里!……我还记得;
驾了风雀鸟航来;在深色的
秋陇上头,它们急拍着羽翼;
 降下太空苍白;

到地上!你,最光华,最福佑的,

微笑在长生的睑皮上,问道:
"女郎,你遭逢了什么?是何故
　　向了我你呼吁?

是那般的渴慕,远超过一切,
来了这疯狂的心内?是那般
可爱的人儿你想她来见爱?
　　沙孚,谁骗了你?

看罢,如今躲,不久她要来追;
如今退还,不久她要送的来;
如今不爱,不久她要来爱你,
　　任是多么不愿……"

你再来!便是此刻!将我释放!
结束了这巨大的痛苦!成就
我此刻在心中所要成就的!
　　美神啊,来相帮!

一个少女

———————————————————— 沙孚

好比苹果蜜甜的,高高转红在树杪,
向了天转红——奇怪,摘果的拿她忘掉——
不,是没有摘,到今天才有人去拾到。

好比野生的风信子茂盛在山岭上,
在牧人们往来的脚下她受损受伤,
一直到紫色的花儿在泥土里灭亡。

爱神

———————————————————— 安奈克利昂

偷蜜的爱神受蛰蜂针,
奇痛抽着他指尖的筋,
 他难过得尽吹手掌,
一时跺脚,一时又跳身。

他哭着去问母亲美神:
这小的东西怎会伤人?
 她说:你也是小孩子,
你叮的时候比它更疼!

索谋辟里

———————————————— 西奥斯人赛摩尼第士

过路的客人啊,你去传话到斯巴达国里,
说是,依了他们的科律,我们长眠在此地。

退步

亚嘉谢士

你们不须肩起这重负,少年——
　　怜人意的"妇孺"受惯了娇养——
灾难来了,你们有伴侣罗前,
　　陪了你们闲话把胸怀舒畅;
遣闷你们可以去游戏,可以
　　行过街市中,去看画家展览。
我们是出了门便要受闲气——
　　天知道,关在家里真是难堪!

小爱神

— 梅死觉

恼人的恋爱,多么恼人!
　算来那用场何在,
整天到晚的恨骂连声,
　叫着:恼人的恋爱?
那小神爱听这种说话;
　爱听人拿口张大,
尽是诅咒;任随我詈骂,
　他正是图我詈骂。

绿波推送来这里的,啊,
　美神,我真的艳羡
从那水行里你是如何
　将一团热火生产!

印章

普腊陀

五条牛,在百花坪里吃草,
生动的刻上了一块玉章;
无影无踪,它们久已遁逃,
要不是有金栏围在四旁。

墓铭三首

一

——————————————————————— 无名氏

少时尝尽了贫苦,到年老
又大富,我的生辰我诅咒;
从前没有享福,金钱缺少:
如今精力衰了反而富有。

二

——————————————————————— 柯利默克士

是我,泰门;我活的时候恨一切众生:
去,咒骂你的;快些去,莫在这里停身。

三

——————————————————————— 黎奥尼达士

老锡离斯,他收获在海面上,
比起海鸟他还要来得犀利,
抓了渔叉,渔网,来去在岸旁,
礁面,并没有楼船给他坐地;

"雷暴的凶星",或是风飙忽起,
都不曾伤害到他,虽是年老,
是在茅棚里他的双睛永闭,
好比油干了,灯儿从此熄掉:
这墓并非妻儿修筑的;我们,
也是渔夫,为了他盖起这坟。

驴蒙狮皮

有一条驴子用狮皮裹身，
兴高采烈的在林内游行；
溪畔，崖前，吓得蠢虫四窜；
他遇到了狐狸，也想照办。
不料香先生在狮鬣底下
听出了吼声是粗糙，浮夸；
他说，"驴王，我也几乎吓死，
幸亏我听熟了你的长嘶"。
驴子正是如此，正是如此。

选自《伊索寓言》

罗马

牧歌

卫基尔

牧羊人柯里敦爱他主人所钟情的亚列西司,他指望毫无。他只能每天到山毛榉的浓荫下,独自的向林木与山岭叹诉他的悲忧。

"狠心的人哪!你不垂听我的歌吟,你不怜悯我。像这样,有一天你总会将我逼死的。如今羊群去了凉荫之中,绿色的蜥蜴躲入了灌莽的丛内,收获的农夫也有田妇为他捣出茴香与大蒜,只有草虫,当我在烈日之下追逐你的踪迹的时候,鼓奏起歌调来,只有他们是我的伴侣。

"宁可去忍受雅玛瑞里司的烈性与骄态,宁可去屈从迷纳加司——虽然她是暗色而你是白色的。你不要过信颜色的区分:白色的枳花有他凋落的日子,暗色的风信却因有用而被收采了。

"你只知道看不起我,却不问一问我是那处的人。你要晓得,我有许多如雪的羊群,许多如雪的乳浆。在锡西里的碧峰上有成千的羊龈着草,它们都是我的。甘美的乳浆源源而来,在冬天都不断绝。

"我又能歌唱,安菲恩所能唱的歌儿我都可以上口。我希望能用歌儿将亚勒辛士的羊群迷引了过来,如同他用歌儿呼唤起一座城池一样。

"我也并不丑陋。正是昨天,在海风平海水平的时候,我像纳西索士那样,在水中窥见了自己的影子。若是水之圆镜并未欺骗我,那即使是达甫尼士来,我也敢同他比,即使是你来评判,我也毫不畏缩。

"啊,离开了喧嚣的城市,来与我同居茅舍,同游山野罢;我们可以驱鹿下山,也可以拿绿的柔条驱羊回栏,并且,像我这样,你的山歌也有一天可以比上盘恩的!是盘恩第一个指点我们用蜡来骈合芦管,也是他呵护着我们这些牧人以及我们的牲畜。不要因芦管会磨你的柔唇而退缩。亚明陀士当时为了学吹芦管,不知受过多少磨难啊。我有一枝芦管,是七条参差的细茎所凑成的:岱米忒士在临断气的时候将他递给我,并且说他如今让你独占了。亚明陀士听到了那番话,又瞧见这枝管,心中妒忌得很,他只是尽低下头,用右脚尖划地。

"我还有一对小鹿(我是从多么峻险的山峡将他们赶下来的呀!)白斑的皮,每天的乳浆抵得上两只母羊:这都是为了你。索斯谛里司久已向我哭求过它们了——给她罢,横直我的赠遗都入不了你的眼里。

"最美的女郎呀,你为什么不与我同居呢?看!仙女们为你携来了百合花篮。奕丽的龙女们也为你到草坪上寻觅出罂粟之朵,紫色的地丁,以及水仙,芬馨的茴香花。她们在篮上组入了肉桂以及一切的甘美之物,又在紫色的风信之旁衬托着黄的金钱花。我将为你采甜美的苹果,采我的雅玛瑞里司所爱的栗子,采光滑如蜡的梅子。桂呀,我也将采你,还有你,邻比的番石榴:你们既是比邻,你们的芬芳也须调和在一起。

"咦!你真是一个乡愚,柯里敦。她正在鄙笑你的馈遗呢。馈遗如果打得动她的心,那就哀阿勒士比你富的多了。可怜的人,你这是为了什么?你可知道你的池沼中有牡猪在那里搅溷,你的花圃间有风飚在那里摧残呢?

"狠心的人哪!你这是躲的谁?天上的神祇都在林野中住过:为了伊诺尼的原故,巴里士情愿舍了父亲抛了城市来远住在爱达峰上。让白勒司去居住她自己营筑的城堡,我只要绿的树林。凶狠的狮子寻狼,狼寻小羊,小羊寻金花草的蓓朵:他们各向心爱之物吸近——我只是寻的你。

"看哪:归家的牛项悬田犁,缓缓的行着,太阳落下了,一切的影子都舒长了一倍,傍晚的凉飚也草头生起了。但是情火依然炽热在我的心头。他是无从止遏无从转移的。

"可怜的牧人,你如今是谵语起来了。你难道不记得有修剪才半的葡萄还在榆干之上吗?你为什么不去拿起些柳条或是草秆来,编织些筐篓一类的家常物件呢?虽然见弃于一人,还有别人的。"

给列司比亚

———————————————————— 贾特勒士

最甜美的女郎,我们来相恋,
这种行为虽是正人有责言,
那倒无须顾忌。巨大的天灯
沉下西流,不久它们又上升,
唯有霎那的是我们这微光,
一熄了,漫漫便永久是夜长。

要是大家都在恋爱里生活,
刀兵便动不了也无须城郭;
战声不会来惊扰我们的梦,
除非爱神吹起喇叭在帐中:
愚人才枉耗尽他们的微光,
自劳自苦的去寻觅那夜长。

一旦死神光降了,不须朋友
来骚扰我的美梦,悲泪双流,
我要一切的情人欢乐而来

到恋爱的坟上搬演着恋爱:
那时,列司比亚,你拿这微光
封闭起,派"温柔"送我去夜长。

他的诗集

———————————————————————— 马休尔

处女,要是正人来看见,
在读我的诗,她会红脸:
等他去了,再拿诗读完,
她的面庞上不会渥丹。

行乐

诗人何雷休士呀,
　　你的话真对,真对!
迅速的时光,看哪,
　　已经一去不再回。
琥珀颜色的美酒,
　　它去了那方,那方?
还有那朱唇,白手,
　　春花一样的女郎?

年年有葡萄新酿,
　　花儿岁岁发南枝——
但是诗人的头上
　　雪花已侵入鬓丝。
美人不曾青眼过,
　　年少不曾举过杯,
就说有盛名,高爵,
　　也只算空活一回!

　　　　　　　　　　拉丁文学生歌

意大利

《新生》一首

但特

翩然自道上行来,她致敬意。
  那仪容显得又纯洁又温柔;
  说不出话来,我的舌头尽抖,
想看,那光华又教双目迷离。
夸美她的言辞在四边蜂起,
  仍然谦逊的,她行走去前头;
  好比是仙人,天上来的,迤逗
在凡间,显现着生动的灵奇。
望见了她,那双眸真是怡悦,
有一丝甜蜜袅娜入了心血;
  想知道这滋味的必得亲尝:
从她那朱唇之内,仿佛飘来
有润神的脂泽,饱含着恋爱,
  向了灵魂毕生的说,"去悲伤!"

六出诗——为佩忒腊作

———————————————————— 但特

我爬上去了幽暗,与阴影,
轮廓宽大,与白色的群山,
那里不见有颜色染衰草。
我的渴慕却还不曾褪绿,
它已经生根在那块坚石,
有唇又有耳,是一个女郎。

冰冻起了,这妙龄的女郎,
有如那冷雪长眠在阴影;
她不动情,有如那块硬石
不能感到春温暖起群山,
将山色更换了,从白到绿,
在坡坂上又铺满有花,草。

她一戴起花冠,冠上编草,
我便无心去想别个女郎,
为的她会拿黄编织进绿,
编得真好,爱情坐入阴影

去躲避这般危险的女郎；
爱情关起我在低的群山，
那严密远超过壁叠青石。

她那光华还要胜似宝石，
她伤了人，无从治以药草！
因此我远逃过郊野，群山
去躲避这般危险的女郎；
她的光明照退一切阴影
自山岭，墙垣，自夏林碧绿。

不多时以前，我见她着绿——
那娇媚能令爱情生顽石，
何况是我……我爱她的背影；
我向她求爱于一原青草，
（便是如此，人求爱于女郎）
那草原的四周围有高山。

要等河水倒流，流上了山，
爱情始能为我在这碧绿，

潮湿的林中,在一个女郎
那心上燃起火来:倚了石
愿长眠,兽物般我愿吃草,
只须她的衣衫投来倩影。

阴暗的,群山尽管移夜影;
用了衣衫的绿,这个女郎
能蒙起它来,如石蒙碧草。

法国

番女缘述意

伐朗斯伯爵领兵来侵犯褒该尔伯爵的城池。褒该尔只有一个儿子，阿迦珊。他相貌魁梧，性格温良，但是他不肯领兵出去御敌，因为他的父亲不让他娶尼哥列作妻子。她是城中一个队长的义女，从贩人的回回处买来的。

队长将尼哥列在一间楼上关了起来，因为伯爵的命令如此。只有一个老妪伴在她的身边，阿迦珊她自然是更看不见的了。她住着一间墙壁上画满异国风光的楼房。闷时只有倚了大理石的窗棂，呆望着楼下花园内的花木叹息。

阿迦珊到队长这里来追问时，队长说："你何必要娶她呢？她是异教的人，你娶了她，是要堕入地狱不能升上天国的。"阿迦珊回答："我不要天国，我只要我的尼哥列。让那班老朽残废的牧师那班自寻烦恼的进香人去进天国，我宁可带了我的尼哥列到地狱去，与那些在战场上死于非命的英雄、那些妖媚的除开正夫外还养着三四个情人的女子同住，因为辉煌的金宝，炫耀的衣裳，清歌与妙舞，都在那里。"

但是阿迦珊垂头丧气的回了家，因为队长将他谢绝了。这时候城下的敌人攻打得更凶，老伯爵又跑来叫他去迎敌。

他说:"必得你答应我在战胜归来的时候去见尼哥列一面并且亲她的吻,我才肯上战场。"老伯爵答应了他,他当真的披上衣甲握着矛盾满是兴头的迎敌去了。

那知走到半路,缰也滑下手了,头也俯向胸了,因为他一心一意的只在思想尼哥列。等到敌人捉住他时,他才想到:我的头如果割了下来,我却拿什么去同她亲吻呢!他于是振作起精神,自敌人的掌中挣脱,把他们一气杀伤了许多,并且生擒过来他们的伯爵。

他把这伯爵献给父亲要去见尼哥列的时候,他的父亲却食言一定不允。他一气,把那伯爵放走了。他的父亲也气得把他幽禁起来。

尼哥列在一个月夜趁着监视她的老妪已经睡了的时候,拿许多被单与手巾打结成一条长绳,将一头系在窗上,偷偷的缒了下来。她掖着裙子,低头踮脚的走过:一对丰满的乳峰在衣裳下隆起,有如苹果,她脚下踏着的小花颜色显得暗淡,因为她是如此的洁白。这时候,夜莺一直在远方的朦胧月色中低啼。

她是预备逃去他乡,免得阿迦珊为她受苦。她想在离别以前再见他一面。她顺着墙阴走到幽囚着阿迦珊的牢房之畔的时候,听到他在内悲呼:"尼哥列哟!双唇比酒还甜的女郎哟!我为何这般运蹇时乖呢?不多时以前,有一个进香人,呻吟于他的草垫之上,不得起身,但是你凑巧经过他那里,他从你掖起的裙下瞥见你的白腿,他的病立刻霍然而愈,跳起身来回了家去:这进香人居然比我幸福,能够凭了你治好疾病。我呢?我是只能怀揣着心病,关闭在这里,对了虚空悲叹与哀呼呀!"

她割下头发,自断墙上递与他说:"阿迦珊哟!我以后是永远不能见你面的了:你的父母家人对我是誓不两立的,你因了我与家人不和,并且在这里受苦,我不如牺牲自己的幸福逃去了外乡罢。"阿迦珊动气了,"狠心的人,你能别我远去吗?你不知道,你的美貌他们看见时一定是不肯放过的,那时我一想到,你将上一个男子的床,而这床并非我的,我是决然活不了的吗?"

尼哥列说:"你怎不看一看我的心呢?咳,你居然能够怀疑我了!这样看来,你的爱我一定不如我爱你的那么深了!"阿迦珊说:"女子的爱是流露在眼珠的瞥视,乳峰的蓓蕾,裙下的脚尖,男子的爱却是藏在心哟!尼哥列,你听到吗:心哟!"

在这一对情人正争论着谁的爱情最深的时候,路上走近了身怀利刃的巡夜人。幸亏这对情人头上的望楼之中有一望卒,他心地慈悲,口唱一歌,示意与尼哥列,教她快快躲避了起来。

巡夜人走过之后,尼哥列便在惊魂初定中与阿迦珊分离了走上她的远道。她翻过城墙之时,身上划了许多伤痕,鲜红的血珠自四肢迸出;砖石荆棘是无情的,它们那知道爱惜那娇嫩的皮肤呢。她走到一座森林之旁,想进去又怕野兽,想退后又怕追者。终究,她觉得追者比野兽更可怕,进了树林。她走到一丛灌木之下,恐惧与疲倦使她歇下,并且不久她就睡着了。

她在鸟啼与牧羊人的歌声中醒了转来。这时候牧羊人正围坐在草地上享用他们的食品。她说:"牧羊的哥哥们天佑啊。望你们去告与阿迦珊知道:这林中有一只兽,这兽给他知道了时,他是一定宁可抛舍千金都不肯将兽身的一毛让与别人的。你们还告与他知道:唯有此兽能医他的病,如果等了三天他还不来,他的病便永无治好的指望了。"说着,她还拿了些钱给他们。他们之中一人说:"你莫非妖女么?不然,你的说话怎么这般离奇,你的面貌怎么这般美丽?我们是不去找阿迦珊的,但是我们答应你,在他来这里的时候将你的这番话告诉他。"

尼哥列别了牧羊人,转身入林,在低垂的花枝下走过被草遮没了的小径中。她走到一条七岔路口。她在这里摘取白的百合花，绿的橡树叶，以及各种的花朵树枝，作成了一间碧绿的小屋：她知道，阿迦珊如果真爱她，他是一定会追过来，并且一定会知道这是她作的小屋而在屋中歇息的。

此时城内已经无人不知尼哥列是失踪了。老伯爵欢天喜地的把阿迦珊释放出来，并且为他大排筵宴。那知道他趁了这空打马逃出城了。他进了树林之时，听到牧羊人的歌声，歌中所说的正是他自己的名字与一美丽的女郎。阿迦珊走近，给了许多钱，叫他们将歌再唱一遍。他们收了钱，却一定不肯唱，他们说："阿迦珊，你，我们是认识的。歌，我们是不再唱了，不过我们可以说一个故事给你听。"他们于是把尼哥列托付的话说了出来。

阿迦珊听完之后，立刻打马追了过去。他走到半路，遇见一个奇怪的人：炭一般黑的大头，厚唇大鼻，牛皮靴子，身上罩着一件长衫，有一根木棒拄在腰旁。"天佑啊，大哥。""天佑啊。""你等在这里作什么？""与你何关？""问一句罢了。""你好生生的骑着马，为什么要嗐声叹气呢？我如果是你，教我乐都来不及呀。""你认识我？""谁不知道你是阿迦珊？你这是追的什么？""追一匹白色的猎犬。""哼，猎犬也值得叹气流泪！那样说来，我失了主人的一条牛，闹得家中仅有的一张床都被他们抬去,老娘只好睡稻草,自家要逃出来躲避:更该怎样呢?"出乎他的意料之外,这为猎犬流泪的骑者居然同情他的困苦,从身畔掏出钱来给他去赔补牛价。他感激的说:"天保佑你寻到你心爱的猎犬罢!"

百花百草之屋如今在阿迦珊的眼前了。他知道这一定是尼哥列作的事,立刻跳下马来。下马之时,一不小心,在石头上滑了一跤,把肩骨跌出了节。他于是侧了肩匍匐入屋中。他仰了头自屋顶的罅隙中观看一天的星,时有花香与枝叶的气息飘来鼻中。他叹道:"我那眼光闪烁如星的女郎哟,我那唇息芬芳似花的女郎哟,你的情人已经来了这里,但你却到那里去了?在这自由的郊野中,我正想有你来抱我吻我,但你却已经远逝了。"

正说到此处,他觉得有一个温暖的身体靠近他的背,并且一对柔软滑腻的唇已经吻在他的颈上了:这不是守候着他的尼哥列还是谁呢?她看见他面部的抽挛,因之问出了他肩骨脱节的事。她使出她的手法来,竟将骨节凑上了,并且揉和了各种的花草树叶,撕小衣绑在伤处,竟使他毫不感觉痛苦了。

这一对情人怕人来追,赶紧的逃上路去。阿迦珊骑着马,将尼哥列紧抱在胸前,走不到多时,便要亲她的吻。她问他们去那里,他说:"管它呢:只要有你在我身旁,任是何方都一样的。"

他们跋涉过万岭千山,漂过大洋,到了陀娄国。这国的男子怀胎,女子打仗:真是天下罕有的事。被阿迦珊走近王宫,将国王抓住,一顿痛打,叫他发誓应允了废除这种风俗,才罢休。

他们在陀娄国住了没有多久,遇到一队漂洋的回回来这里,攻下了城池,将他们掳上了船。不幸,他们的船不同,并且这些船舶在海上遇到一阵风暴,彼此失散了。阿迦珊坐的船漂到裒该尔地方,被居民扣住,他便因此生还,并且老伯爵已经亡化,他立刻被拥登了宝座。尼哥列坐的船是加太基国王的,它驶回了故乡。原来尼哥列就是加太基国王的公主,是幼时被拐出去的。当载她的船驶到了加太基城下的时候,她看到郊野城池,恍然忆起这便是她童年的故乡,她便是国王的公主。她见到国王的时候,将这些话告诉了他,他也立刻相信了:不说相貌逼肖,就是尼哥列的那种优雅从容的风度便很可证明她是一个公主了。

她虽住在富丽的深宫,心中仍然是不安乐的,因为她看不见阿迦珊。国王几次想为她招驸马都被她推宕了过去。她知道这不是一个结局,于是提了手琴,用草涂黄了脸,附着一只船舶又逃来了阿迦珊的宫前。她被召入宫,在阿迦珊的面前,拉着手琴,将她自己的遭遇一齐歌唱了出来。她看见阿迦珊听完之后眼眶中充满了晶莹之泪,她的整颗心都软了。她回去队长家中,这时候他已经去世了,只剩了将她抚育成人的义母还在。她的义母立刻认出了她来。她用眼明草将面庞的黄色洗去之后,穿起一身华丽的衣服,端坐在床褥之上,等着她的义母去找她的情人来家。便是这样:他们的这段姻缘终究在许多磨难之后和合团圆了。

这便难怪

———————————————— 贝尔纳·德·望塔度

这便难怪我何以歌唱,
比起别人来歌唱得好:
为的越严密爱情缠绕,
我越甘心深投入罗网
学问、知识与肉体,灵魂
与其他一切我都不顾;
牵我去这条唯一的路,
笼在心头上有那缰绳。

除非是死人才在心上
不生爱之花,芬芳,美妙;
这福佑有人不曾尝到,
他便在胸中感受饥荒;
如其上帝,生命的主人,
拿我所颂扬的这尤物,
有一个月,隔开在两处,
有一天,那他便是残忍。

多么锐利,那花儿吐香,

多么细致!听见它呼叫,
百回的我在坪上晕倒,
我又百回的起来歌唱。
容颜真娇媚,我这愁闷
别人的骄傲比来不如:
教我如何禁当得幸福?
烦恼已然是这么怡神。

天哪!你还是快拿虚诞
与真情剔开,光大与小!
教叛逆在尘土内嚎咷!
教欺罔前来倾吐衷肠!
呀!如其我主宰有众生
一切的珍宝还加倍数,
愿意拿来我双手交付
与我的女郎表达精诚。

吊死曲

------------------------------------危用

在场的一切哥哥与弟弟,
莫把心肠硬起对了我们——
你们现在存个怜悯之意,
将来临死天会更发慈心。
你们瞧见吊着,五人,六人:
那肌肉,生前养得过丰盛,
现在已经腐了,一齐啄尽,
骨头也化成了渣滓,飞灰——
莫笑我们犯罪行了歹运,
去求众生的罪天莫穷追。

莫为了我们称呼作哥弟,
便作鄙夷之态,说,正典刑
死的人怎么配——须知官吏
都也不能一生到老聪明。
我们已经吊死了抵罪名;
为我们的魂灵乞求耶圣
大发慈悲,快把我们安顿,

免得魔鬼抢去奏凯而归。
我们死了，往事何苦究问；
去求众生的罪天莫穷追。

雨水已将我们淘洗荡涤，
太阳晒得枯黑一似柴薪。
眉发被鸦鹊拑了作游戏，
眼眶之内已经啄去双睛。
鸟啄我们比啄果子还勤。
再不曾歇下过将息劳困，
我们只是随了风的高兴，
一刻东边，一刻又向西吹。
唉，再莫学我们不安本分，
去求众生的罪天莫穷追。

泐话

危用

弟子耶稣,你是凡人之帝。
求你帮我们把魔鬼逃避——
我们对他一毫无欠无亏。
哥弟们,莫留讥笑在此地,
去求众生的罪天莫穷追。

给海纶

———————————————————————— 龙萨

等你衰老了的时候，在冬天
　你会挨了火坐着摇动纺机，
　一边哼我的歌儿，一边叹息，
　说，"龙萨他歌唱过我的青年。"
歌声送到了侍女们的耳边，
　　任她们是多么迷离着倦意，
　　听到了我的名字，都会惊起，
夸道你有福，从此名在人间。
那时候，我在地下蓊然长卧
不醒，成了石榴荫里的魂魄，
　你呢，白头的老妇坐在火旁，
想着我多情，你傲慢，真懊悔；
哎，爱我！不如趁了今天玫瑰
　还开着，我们携了手去寻芳。

寓言

—— 赖封坦

一个故事,并不很长,
劝的大家莫作良民。
你有道理,无论多强,
总赢不了最强的人。

某日,山涧之旁,
小羊停着喝水。
刚巧走过饿狼
寻找野物填嘴,
瞧见了这稚弱的羊,
他便走来涧畔,
怒呼道:"你怎敢
拿我的水弄脏?
这罪名要痛治才好!"
小羊回答:"吾皇请先息恼,
再瞧我犯罪没有。
您如今站立的地方
在这山涧的上首

有二十步;我再思量

也思量不出我怎么搅溷

您的饮水,要受重刑。"

"搅溷了。还有一件事,"狼说,

"我的名字你去年咒骂过。"

小羊赶紧分辩,"不曾,不曾!

去年我还没有出世"。

"那就是你哥哥。""不是;

我娘只生下了我一个人。"

"不用多讲,反正

是你羊家这姓。

我从前听说过,羊,狗,

人,毁我的话常挂口:

如今看来,真对。"

口舌也不多费——

他把小羊背起,

走去他住的森林里,

定成死罪,断头;

充了饥……也报却深仇!

Chanson d'Automne

卫尔连

长叹的声音
颤动在提琴,
把秋歌弹奏;
我含了惆怅
倾听那声浪
徐缓的抒忧。

梗气在胸怀,
面色转苍白,
听钟声响动;
旧时的情况
兜来了心上,
伤心我一恸。

我去的田地
有风儿知悉,
短促而支裂,

飘来又飘往,
像风儿荡漾
一片的死叶。

西班牙

二鼠

路依兹

卦达雷拉有一鼠在月曜日的清晨
取道向蒙绥剌多的市聚趱奔前程。
他的朋友黄瘦,一股乡下老气逼人。
摆上几颗黄豆算是设筵款待嘉宾。

穷人家的桌上虽无美味,只见粗粝,
但款宾时春风满面,令人见了快意,
不比华筵上,如老鼠见猫,不敢吐气……
卦达雷拉来客的这餐饭便是好例。

大宾吃得很慢,有如十分喜欢黄豆。
他邀蒙绥剌多的主人在饭吃完后,
说,火曜日清晨,他在卦达雷拉恭候
早市散时大驾到茅舍中稍作迤逗。

那天,桌上不知排了多少美味佳肴!

生荤,烧烤猪肉,牛油,香喷喷的面包。
蒙绥刺多来的乡人乐得不可开交,
脂油涎沫挂满了他尖喙旁的须毫。

正在大嚼之时,殿门呀的一声洞开;
操家的主妇,有两个下巴,走进门来——
这双小鬼头的宾主惊得洒洒胸怀,
掉转尾来逃避这天外飞到的奇灾。

主人向家门的洞口放开四腿逃生;
苦了上客,不知所措,唯有东窜西奔。
事机紧迫,他只好在黑角落里藏身——
在越行越近的脚步声中战战兢兢。

步声虽是安然度过,关闭起了门户,
这未经世故的乡愚还是抖个不住。
他的朋友,无事一般,"良辰不可再误——
我求你饮点酒来压惊,再吃饭饱肚。

这些菜的味道固然不好,也不顶坏——"

"吃饭时候,想到别人要把我们当菜,
就是珍馐罗列在前,吃得也不开怀。
你如若过惯了,吃得下去,倒是请快。

只要清静平安,嚼硬的黄豆也甘心,
无须精美的肴馔,吃时要害怕担惊。
一边饮食,一边心里却怕不保残生,
这时,最佳的筵席也要化苦水沾唇。

想起适才的情况,不由得四肢颤抖,
不如趁了新灾未来到时抽身快走。
呀!要是再来个老猫,将我衔在巨口——
那时他是快活了,我却要从此无有!

你的房屋诚然壮丽,饮食诚然芬芳,
但是在你的头上他们把罗网高张。
我宁可居住茅舍之中以粗粝为粮,
我不愿无日夜的有猫与人在身旁!"

科隆比亚

仅存的阴加人

嘉洛

今天逃到了平金卡坡上,
避白人放射的致命红球,
我与太阳一般流浪,愤怒——
　　但也太阳般自由!

日父呀,谛听!漫柯的神座
倾了;你的祭坛上已不留
兽牲者,唯有我孑然歌颂——
　　孑然,但仍是自由!

日父呀,谛听!我,你之后嗣,
怎甘心去作羞辱的奴囚?
不如杀死身躯还与先祖,
　　让灵魂终古自由!

今天你在远方沉下波浪,

还能看见我独立火山头，
将颂美的歌诗向你倾吐，
　　歌声悲壮并自由。

明天，唉！当你的王冠之首
辉煌的升上了东极山陬，
你能看见的只有一坟墓——
　　我的墓呀，虽自由！

将有神禽降在我的坟上——
那象征自由的神鸟，康兜——
在那里筑巢，哺养成雏子，
　　翔舞太空中，自由！

德国

夜歌

———————————————————— 戈忒

暮霭落峰巅
　无声,
在树杪枝间
　不闻
　半丝轻风;
鸟雀皆已展翼埋头;
不多时,你亦将神游
　睡梦之中。

Ein Fichtenbaum Steht einsam

———————————————————————— 海纳

一棵松树孤立着,
　　在北方一片荒山;
白雪遮盖起身体,
　　他在睡梦里沉酣。

他梦着一棵棕树
　　孤生于东土渺茫,
忧郁无言的直立
　　在石炙人的崖上。

Du bist wie eine Blume

———————————————————————— 海纳

你好比一朵花儿,
　美丽,纯洁,又天真;
我凝视着,慢慢的
　有忧愁入了寸心。

我真想抬起了手
　轻放在你的发里,
求天保佑你永远
　纯洁,天真,又美丽。

情歌

———————————————————— 海纳

美丽的渔家女郎,
将船儿系在洲前,
舍去了无情波浪,
来我的心海旁边——

你将情化作脂油,
浇平那白浪滔天,
捞水底明珠在手,
妆点你如玉容颜。

荷兰

财

———— 费休尔

财,你是忧虑的女,
仇恨的妹,欺罔的妻,
　厄运为你所哺乳,
邪僻也曾受你提携。
有你时恐惧齐到身边;
没有你又被愁苦熬煎。

斯堪地纳维亚

铅卜

———— 罗曾和甫

在多星的如银冬夜
　一年的除夕来临：
三姊妹拿熔铅滴水，
　占此身将属何人。
她们忸怩重复忸怩，
　终把铅滴下水中。
盆底起来沸声，泡沫，
　窥视时面泛微红。
悄无人的夜深门外
　有雪花如羽纷飞——
看夫君是何种行业，
　女郎立盆的周围。
大姊瞧见堡城，雉堞，
　山坡上古木森森——
一颗心在胸中跳荡，
　有如已作了夫人。

光明闪出二姊瞳子：
　　她看见帆挂桅樯——
她正爱的船昂鹚首
　　搜多宝漂过重洋。
小妹瞧见宝冠璀璨，
　　她惊得小口张开：
皇后并非她想作的，
　　她自觉无此高才。
时光似水流入婚嫁——
　　大姊归伯爵家奴，
帮他耕种佃的田亩，
　　二姊嫁捕鲸渔夫。
宝冠小妹虽有一个，
　　非金铸亦无珠镶——
那是爱情制的冠冕，
　　一诗人是她儿郎。

俄国

穆隆的意里亚农英雄与斯伐陀郭

穆隆镇旁,嘉腊卡罗甫村中,住着意里亚,老加札克人。整整有三十年,他一直坐在灶上,手脚都动不了,为他祖父的罪孽受苦。

三十年过去了之后,一个夏天,在割草的时候,他的父亲同母亲都出去到树林围着的草坪上去了,只留下意里亚一人在家。来了三个过路人,是基督与他的两个圣徒,化身作行脚僧人,唱圣诗云游着的行脚僧人,他们来向他要酒喝。

"哎!你们这些过路的老年人,好朋友!"意里亚说,"我满心情愿给你们酒喝,无奈我动不了身,又无别人在家。"

他们回答:"起来,洗浴自己:你能行动了,取酒来给我们止渴。"

他当真起来了,行动了。他筛满了一杯黑麦酒,递给这三个老年人。他们接过杯来,饮了,递还给意里亚,向他说道:

"你也跟着喝,意里亚,伊凡的儿子。"他饮过之后,老人们问:"你现在的气力如何?意里亚。"

意里亚回答:"我十分的感谢你们老年人。我觉到身中有一股伟大的气力,简直能把地移挪的动。"

他们彼此望过一眼之后,复向他说:"再取酒来给我们喝。"意里亚依言作了,他们饮完了,再给他饮。他们问道:"你现在觉得怎样了,意里亚?"

"我觉得气力还是很大的,"意里亚说,"但只抵得当初的一半了。"

"就是如此好了,"他们道,"因我们如多给你些,地母将载不起你。"他们又道:"如今出去罢,意里亚。"

于是意里亚把酒杯放上桌子,自在的行上了街道。僧人们告诉他:"是上帝垂顾你意里亚,给了你这大的气力。因此,你须保护耶教,战斗异教的军伍,他们的勇敢的战士,以及大胆的英雄。你是注定了不会死于战场的。在这白世界中没有人比你更大力,除了伏尔加(他将来胜你也不是凭了气力,是凭了诈术),除了斯伐陀郭,更除了为湿地母所钟爱的气力远胜过你的密楷刺·塞扬宁诺维支,村人之子。你不要与这三人争斗。不要闲居家中——不要耗时在田作上。你去皇家的吉甫镇。"说到这里他们便不见了。

意里亚便出去到树林中找他的父亲。他看见父亲母亲同工人都在那里休息,他抓起了他们的斧头来砍树,他的父亲同工人三天都做不完的事情被意里亚一点钟已经作完了。他这样砍下了一整块地的林木之后,把那些斧头一齐很深的剁在树桩之内,无论何人也抽不出来。

他的父亲母亲以及工人醒转时,看见了那些斧头,都诧异道:"这是谁作的事情?"意里亚刚好这时出了树林,把斧头抽了出来。他的父亲谢上天让他这儿子一变变成了一个如此有为的工人。

但是意里亚大踏步走入了广野之中。他在途中遇到一个农夫牵着一匹卷毛的棕色驹马走过。农夫所索的马价意里亚照付与了他。整三个月之中,他一直把驹马系在廊里,用上好的土耳其白麦喂它,用碧清的泉水刷它。这三个月过去之后,他把驹马关在园中三夜,用三滴露水敷涂它的身上。这样作完之后,意里亚便把驹马牵到高的栅栏旁。这匹棕色好马开始左右的跳跃,能够驮得起意里亚的分量了;因为它已经变换成一匹英雄之马了。这些都是意里亚遵照了医治好他瘫痪的那些唱圣诗的行脚僧所嘱咐的话作的。

这时意里亚便鞍鞯起他的良马云降来。他倒身跪地接受了父母的临别的祝言,便翻身上马,向广野中行去。

他骑马前进时,看到一棵潮湿的橡树下支着一个白布帐篷,篷内有一张英雄之榻,不小的很,长有五丈,宽有三丈。他把他的好马系在潮湿的橡树上，自己躺在这英雄之榻，竟自睡着了。他的英雄之眠是很酣的，他整睡了三天三夜。第三天上，好云降听到北方有一片巨大的声响。潮湿的地母动摇起来，黝黑的树林颠蹶，江河之水，溅溢过高岸。好马于是用足蹄踩地，但总不能警醒过意里亚来，它急得作人声高叫。

"喂呀，穆隆的意里亚，你只管睡在那里享福，却不知祸事临你头上了。是英雄斯伐陀郭回来他这帐篷了。放松我，在这广野中，你自己快攀上橡树去。"

意里亚当真的忽然站起身来，解松了马，自己攀上了橡树。

看哪！一个英雄走近了：比挺立着的林木还高，他的头颅简直上摩着流云。他在肩膀上扛着一只水晶匣，到了橡树下时，他便放上地面，拿金钥匙打开。匣中走出了他的英雄之妻，全个白世界中，这样的美人是再也不曾见闻过的：挺拔的身躯，苗条的步伐，眼睛清澈如鹰的，眉黑如玄貂，肌肤洁白得无可比伦。

她走出了水晶匣后，安放起一张桌子，铺上好布，将甘美的食品堆列满桌。她又从匣中拿出麦芽酒来饮咽。这样的，他们享用并为欢，斯伐陀郭吃得很饱之后，进去帐中睡了。

但他的英雄之妻在原野中漫行。一时凑巧,她看见了意里亚在潮湿的橡树上。

"快点下来,你那俊秀的好少年,"她叫道,"快从潮湿的橡树下来。不然,我就要惊醒英雄斯伐陀郭,说你如此这般的对我无礼。"

意里亚斗不过这妇人,只好依了她的话下了树来。

过了一时,那好看的英雄之妇拿起意里亚来,放进了她丈夫的深口袋中,并且把那英雄从酣眠中叫醒了过来。斯伐陀郭便把他的妻子重行放进水晶匣中,用金钥匙锁起,跨上他的好马,取道向圣山行去。

不多时,他的好马开始颠踬起来,英雄便举起丝鞭在它的腰上重抽。马作人言说道:

"我向来是背负英雄与他的英雄之妻,但如今我背负着英雄之妻与两个英雄。这怎能怪我颠踬呢?"

斯伐陀郭伸手进深的口袋,刚好把意里亚提了出来。他便问他是谁,是怎样进了口袋的,意里亚把真情一齐告诉他听了。听此之后,斯伐陀郭杀死了他的不忠实的英雄之妻,但他同意里亚却交换了十字架,并且叫他作弟弟。

他们谈话之中,意里亚道:"我一心的想看看那伟大的英雄斯伐陀郭，但他现在已经不骑马行在这潮湿的地母身上了，也不在我们的英雄队中现身了。"

"我正是的，"斯伐陀郭说，"我也一心的想与你们并骑而行，但潮湿的地母载不了我。还有一层我不可以在圣俄罗斯骑行，除去高山与峻岭，现在让我们骑行于岩间，你跟了我去圣山罢。"

这样的他们并骑而行，一路上谈笑着。途中斯伐陀郭告与了意里亚一切英雄的习气与传言。

斯伐陀郭又向意里亚说："你跟我到了我家中去见我父亲的时候，你可以烧一块铁，但不要伸手给他。"

他们到了圣山上白石之宫的时候，斯伐陀郭的老父叫道："呀，我的好孩子，你去了远方吗？"

"我去了圣俄罗斯，父亲。"

"在那里听到了，见到了什么？"

"我在圣俄罗斯没有听到也没有见到什么，但从那里带来了一个英雄。"他老人已眼瞎了，因此他道：

"带进那俄罗斯的英雄来，我好同他握手言欢。"

这时候，意里亚已经把那块铁烧热了。当他到了要给手与老人握的时候，他把那块铁代替手给了他。老人用巨掌握了它之后，说道："你的手真结实，意里亚！你真是一个极大的英雄!"

在此之后,斯伐陀郭同他的兄弟意里亚漫游于圣山之上,途中他们发现了一只巨大的棺材,棺材上写着这些字:"谁注定了要躺在这棺材里的,这棺材要刚好合上他身。"

于是意里亚试躺进棺中,但他觉棺材太长太宽了。斯伐陀郭躺进里面,刚好合身。于是这英雄说道:

"这棺材是为我作的,意里亚,搬过棺盖来,把我盖上。"意里亚回答:"大哥,我不去搬棺盖,也不把你盖上。哪!你这玩笑开的太大了,你居然要葬起自己来。"

于是这英雄自己搬过棺盖,自己掩盖起来。但是等他再要托它起来的时候,却不能够了,虽然他用了十分的气力。他便向意里亚说:"哎,兄弟!这明是我的时运到了。我不能托起棺盖来。你现在试试看。"

于是意里亚用力来抬,但也无效。英雄斯伐陀郭说:"去拿我的大战刀从棺盖当中砍下。"但是意里亚没有那么大的气力举起那刀来,于是斯伐陀郭叫他:

"弯下腰来,挨近棺材的罅隙,我好用我的英雄之气吹你。"意里亚如言行了之后,他觉得身中一股大力,有从前的三倍。他便举起了大战刀来,在盖面砍下。这一下砍在棺盖,火星四面迸射,力下之处,有一道铁痕深陷。斯伐陀郭又说：

"兄弟，我气闷了！再拿我的大刀在棺盖上砍它一下。"

于是意里亚砍下棺盖，又是一道铁痕。斯伐陀郭又说：

"兄弟啊，我死了！如今再弯下腰到缝旁，我还要向你吹气，把我的神力一齐给你。"

但意里亚回答："大哥，我的气力已经很够了。我再要多的时候，地母便将载不起我来了。"

"兄弟，你这作的很好，"斯伐陀郭说，"你不曾听我这最后的吩咐。因为我这要吹，便是吹的死气，那时你便要死在我的身旁了。但是，永别了。你收起我的大战刀来。但将我的好马系在棺旁：除了斯伐陀郭，别人是作不了马主的。"

这时一缕死气自裂缝中飘了出来。意里亚辞别了英雄斯伐陀郭，将好马系在了棺材之上，把战刀挂在自己的腰间骑马去了广野之中。

斯伐陀郭的热泪却从棺纹中流个不断。

俄国古代民歌

英国

海客

无名氏

我能唱一歌,谈我航海的经历——
我如何挣扎过那些多难之时,
疲劳之日,吃过多少苦,撑船舶
过怖人的汹涌上,寻探入幽方。
深夜间,手足都僵硬了,在船首
我守望着,看它在波浪里颠摇。
我的脚上,铺满了霜,以及冰雪,
但我的胸口同时有怨声沸腾——
饥饿又随疲乏来蚀我的勇气。
这种苦楚那些陆居的人怎知,
他们也不知我整冬在冷海上,
身边悬满冰溜,举目不见亲人。
雹子成阵的飞舞天空,只听到
波浪咆哮,冰冷的,与天鹅之歌。
听鲣鱼的呼声作消遣,吉谛卫
嘈杂着,当听人的笑声,聆海鸥。

风浪喧豗在崖石上之时,海燕
拍着凝冰的双翼回答,海鹰啼,
浪花渍了翼的鹰把凶声高举。
那里无亲人慰我孤寂的灵魂——
这那是城市中坐享生之乐的,
罕经厄难的骄子所知道的呢?

鹧鸪

—— 无名氏

夏天到了人间,
　　鹧鸪扬声!
谷田发芽,草地开花,
　　林木也青青——
　　　　鹧鸪鸣!

母羊追逐子羊,
　　牝随犊奔,
牯牛在跳,雄鹿在蹈,
　　鹧鸪在和鸣!

鸪鸟,你啼的好,
　　莫把歌停!
鸟呀,高鸣,你的啼声
　　将万古常新!

旧的大氅

———————————————————————— 英国十六世纪无名氏

今年的冬天冷得奇怪：
　　浓霜好像雪铺满山坡，
北风整天的吼在门外，
　　牛冻在栏中无可奈何。
她不爱喧叫，我的老妻，
　　言语从容的她朝我讲：
快去救老牛，莫再迟疑，
　　怕冷就穿起旧的大氅。
"老伴呀：牛我并非不顾，
　　但那身大氅实在难堪，
它已经旧得有如薄布，
　　蟋蟀行过时都会踏穿。
人不该我，我也不该人，
　　作套新衣我久已思想，
明天一清早我就进城，
　　衣铺里去买新的大氅。"

"我们的老牛说来真好：

她不曾扣过一滴奶浆，
黄油同乳饼向不曾少，
　别的帮助更数不清场。
我瞧她受罪真不忍心。
　好哥哥，这回你听我讲：
我们并不是装阔的人，——
　穿起你那身旧的大氅。"

"我的大氅说来也真妙，
　材料结实，经用又经穿——
但现在一文也无人要，
　因为我穿了四十多年。
从前是厚布，红似火光，
　如今他烂得好像鱼网，
遮不了风，雨也不能当——
　不如作一身新的大氅。"

　"我们两个最初次认识
　　　离现在已经四十多年，
　　我们的儿女数目近十，

邻居看见了谁不垂涎,
他们长大了,出嫁,成亲,
　都明白道理,那不用讲——
你为父的如今倒发昏?——
　快穿起那身旧的大氅!"

"老娘,你不须把我埋怨,
　如今的世界不比从前:
现今无论你何处去看,
　下人着衣都主子一般——
玄色与油绿,有蓝有黄,
　自己是谁他们并不想。
今世里我也阔它一场,
　我就去买件新的大氅。"

"斯谛芬王今世真少有,
　他的衣裳值四两纹银,
他说这衣只值三两九,
　因此将裁缝叫作强人:
他是皇帝,头上戴宝冠——

我们贫穷俭德更须讲,
人一骄侈万恶便开端:
　　快披起那身旧的大氅。"

"我的老妻她不爱喧叫,
　　但她管住我一毫不松——
我不愿家中听见吵闹,
　　凡是她的话无不听从,
男子再莫想争胜女人,
　　除非先认输一声不响:
相安一世了现在反唇?——
　　还是穿起那旧的大氅。"

美神

——无名氏

我爱的对衣裳十分考究,
  衣上她身莫不相宜,
无论是夏季绸衫的短袖
  或冬天覆膝的裘衣:
    一切美皆在她身
   当她通体披上衣裳,
    她简直就是美神
   在一丝不挂的时光。

爱

——无名氏

爱不可基于仪表轩昂，
也不可基于眼珠，面庞，
因为外貌终归要憔悴，
就是那最忠诚的心肠
　　说不定都会转移，
　　　那时爱便将销歇——
你该作一个真的妇人，
只知爱我，不懂得原因，
那时爱永有根基，
　　爱便将永存不灭。

赌牌

———— 李雷

一天爱神与她赌牌开心,
拿接吻作注头,被她大赢。
他注下自己的弓箭箭盒,
母亲维纳司的鸽子麻雀,
又输了。他心里十分慌张,
便将汗的明珠摘下面庞,
连同唇的珊瑚,颊的白玉,
那知一齐被我爱的赢去。
最后她还赢得爱神双瞳,
他因此便成了一个盲童——
　　爱神呀,连你都输得这样,
　　我来赌时更能有何希望?

怪事

———————————————— 但尼尔

痛苦充满了爱情这病,
  但是它不肯就医:
爱情这花越掐它越盛,
  珍护时花朵转稀——
        为何?
你去俯就时它偏远飚,
你冷淡时它又来身边——
        嘻呵!

仙童歌

——————————————————沙士比

我与蜜蜂同饮花杯,
半展芙蕖是我床帏,
催眠歌有水蚓低吹,
绿眼蜻蜓负我南飞,
想把春神半路追回——
　春神归去温暖南方,
　我也淹留不想家乡。

海挽歌

————————————沙士比

你的父亲在海底安息:
　他的骨架已变成珊瑚,
他的眼睛已化成珠粒,
　他的一切未销入虚无,
它们皆为海神所转换,
成了一些珍奇的宝玩。
　仙女代他报丧:
　　　　叮当。
听呀,她们敲着——
　　　　叮当的钟响!

及时

———————————————————— 沙士比

我的姑娘呀,你还去那方?
停下罢,这儿是你的情郎,
 他歌唱时高低并妙:
妹妹呀,你不须再走向前,
跋涉告终于拥抱的中间,
 这除呆子谁不知道?

何为爱情?它并不是将来,
现在得间最好现在开怀,
 未来一切都靠不住。
与其在犹豫中虚度光阴,
女郎,不如趁早亲我嘴唇,
 要知青春不能久驻。

自挽歌

———————————————————沙士比

同归罢,同归罢,死之神,
让玄色的殓衣把我遮藏——
　高飞罢,高飞罢,我的魂,
我被狠心的她逼得身亡。
我的掩尸白布,中缀柏片,
　唉,把它预备起来!
怜惜我的亲友,就是情愿,
　也无从分我悲哀。

　棺木上,棺木上,无须要
美人样的鲜花撒在上头,
　坟墓上,坟墓上,用不到
任何朋友为我悲泪双流——
在一片无人知道的茔地,
　唉,葬起我的尸身,
免得失恋人到那儿叹气
　或者是大放悲声!

林中

———————————沙士比

　　谁愿在浅草上边
　　绿荫中与我同眠,
　　发出欢乐的歌声
　　与枝头春鸟和鸣,
来这儿,来这儿,来这儿:
　　这地方,
　　风不狂,
冬天里也不飞雪片儿!

　　谁愿逃遁出人间,
　　吸纳郊野的新鲜,
　　饥饿时食品自寻,
　　寻到何物总甘心,
来这儿,来这儿,来这儿:
　　这地方,
　　风不狂,
冬天里也不飞雪片儿!

撒手

———————————————————— 沙士比

唉,就此分了手罢,但我无怨——
　请从我脸上收回你的双唇,
还有那双眼睛,星一般灿烂。
人从远方看见还当是启明。
但我当初的亲吻,都请归还,
　　　　　　都请归还,
它们把情献给你,但是徒然,
　　　　　但是徒然!

晨歌

———— 沙士比

天门外有云雀歌唱，
　日神举首东山，
放龙马在百花坪上，
　吸饮金色流泉，
金盏花从梦中醒转，
　舒开闪灼双睛，
让鸟语在枝头巧啭，
　催起楼上佳人，
　催起佳人。

在春天

———————————————————沙士比

那是情人与他的女郎,
　　嘻呀呵,嘻呀挪咛挪,
同行过绿禾田的中央,
　　在春天,最宜跳舞的时间,
枝头有鸟鸣,嘻叮呀叮,叮——
情人最爱的便是阳春。

这一对情人肩并着肩,
　　嘻呀呵,嘻呀挪咛挪,
躺在碧绿如油的麦阡,
　　在春天,最宜跳舞的时间,
枝头有鸟鸣,嘻叮呀叮,叮——
情人最爱的便是阳春。

他们俩同声高唱此歌,
　　嘻呀呵,嘻呀挪咛挪,
说人生像花,盛时不多,
　　在春天,最宜跳舞的时间,

枝头有鸟鸣,嘻叮呀叮,叮——
情人最爱的便是阳春。

既然如此,何不趁当今,
　　嘻呀呵,嘻呀挪咛挪,
充分享取甜美的爱情,
　　在春天,最宜跳舞的时间,
枝头有鸟鸣,嘻叮呀叮,叮——
情人最爱的便是阳春。

十四行四首

———————————————————————— 沙士比

一

我来比你作夏天,好不好?
不,你比它更可爱,更温和:
暮春的娇花有暴风侵扰,
夏住在人间的时日不多:
有时天之目亮得太凌人,
他的金容常被云霾掩蔽,
有时因了意外,四季周行,
今天的美明天已不美丽:
你的永存之夏却不黄萎,
你的美丽亦将长寿万年,
你不会死,死神无从夸嘴,
因为你的名字入了诗篇:
　一天还有人活着,有眼睛,
　你的名字便将与此常新。

二

当我高坐在默想之公堂,

召上来过去的种种回忆,
我为光阴空逝哭泣悲伤,
我为多志寡成吁声叹气:
我想到好友拘禁在冥国,
难湿之目也有泪珠越牢,
想到从前热烈,如今落寞,
不觉为了青春恸哭嚎咷:
已逝之忧如今又到心头,
我的心疼痛着又上夹棍,
像无情的官吏,不问根由!

 但那时我如想到你,良朋,
 失便重得,万千愁也告终。

三

唉,美丽如有真理来点缀,
它美丽的程度更将加增!
蔷薇花诚然可爱,但香味
更令她的形影深入人心。
如说可珍的是颜色深浓,

那就野蔷薇,当夏风来到
绽开蓓蕾之时,也在花丛
开着红花与蔷薇争热闹:
除了颜色她却别无所有,
因此,人对她不爱,不尊崇。
唯有蔷薇人见了都俯首,
因香液可制自她的尸中。
　　少年,你的美丽消褪了时,
　　你的真理将永存于此诗。

四

请不要埋怨我变过心肠,
别离虽似乎冷去点温情,
要知道我宁愿身躯灭亡,
也不肯抛开你,我的灵魂。
你像家,我虽曾别它远游,
不过如今我又回了田园,
我未在他乡的花下淹留,
我带回了圣水,洗涤前愆。
我诚然无异于一班的人,

有时候受点外来的诱惑,
但我希望经过这次离分
复会之时我们更加亲热。
  我如今知道了,宇宙皆空,
  除非有你的情充实其中。

给西里亚

卞强生

整天里我与酒为伴,
  它像你的眼光闪灼
  因它灿烂如你眼波——
我要抱着空杯狂吸,
  倘若你曾吹气轻呵:
情炽我心有如热炭,
  熄灭还须大雨滂沱——
但你如有同情一滴,
  它将胜似整条天河。

我呈与你一朵玫瑰,
  因为名花须傍佳人——
日光永驻你的身畔,
  将使花儿四季长新。
你低下颈略亲花蕊,
  拿它插上我的衣襟——
女郎,从此我吻花瓣,
  便如吻你柔软双唇。

告别世界

———————————————————————— 卜强生

再会了，虚伪的世界！
  是你教我生下地来；
恋你的心我已消灭，
  我再不登你的戏台。

唬话我，尽管！我对你
  无所恐惧，也不企求：
你恨我也恨得有的，
  那总算是到了尽头。

我的童年，纯朴，温柔，
  你去糟蹋了，又欺卖；
后来你煽起惧与仇，
  虽说起因久已不在。

你送我到愚人国内
  同下愚的认作至亲；
满目只见猜忌作祟，

上智便是无识，骄矜。

满目只见聋子，瞎子，
　　风传奉为玉律，金科；
自由被人欺卖，杀死，
　　善人受尽忧郁，折磨。

既生下了，就该忍受；
　　世界里面原是这般，
临到我头上的时候，
　　就该受着，不要喊冤。

不然，我就真叫糊涂，
　　想着我与众人独异，
上天为我独造坦途，
　　上天为我独显灵迹。

不然！我知道我既生
　　便注定要忧，蹇，病，老：
这些我都受，却看轻，

免得你假帮忙，讨好。

为了安宁，我不远去，
　　像浪游者那样奔波；
我的精力我要团聚，
　　在区区的这个心窝。

十四行

———弥尔屯

我想,我还没有过去半生,
已经把光明熄灭在地上,
我那股与死同尽的力量
徒然荒废着,不能为主人
把它用出来,拿收支算清,
等他回来了我好交出账——
日工怎么作呢,没了光亮,
我问;忍耐,不要这片怨声
张扬出去,便说,他并不用
你替他作事,谁能守本分,
谁就算是忠仆,他与国王
差不多,只要他眉毛一动,
就有成万的人上前趱奔:
你呢,你只要侍立在中堂。

死

———— 唐恩

死神,你莫骄傲,虽然有人
　　说你形状可怕,法力无边:
　　试想古来多少豪杰圣贤
视死如归,至今依旧留名!
睡眠之神他是你的化身,
　　我们并欢喜他来到人间,
　　你的模样当然肖似睡眠,
我们那又何必抱恐担惊?
你无非命运之神的奴隶,
　　够可羞了,不须得意洋洋!
　　鸦片妖法也能令人身亡,
不专靠你引他去见天帝。
一死之后我们将要永生,
那时你却死了,死亡之神!

眼珠

———————————————————— 希内克

不要夸你的那双眼睛
与明珠一样圆润晶莹，
耳上的真珠仍将熠耀
在你眼珠紧闭的时辰。

虎

———— 白雷克

虎呀,虎呀,在夜之树林
双睛内燃着火样光明,
当初是怎样一个神道
把怖人的你竟能创造?

在那层天上,你的目光
在那层海底昔曾炳煌?
他上天寻火凭何翅膀?
他入海擒火用何手掌?

他有何膂力在他双肩
能捕得那心纳你胸间?
当心在你胸开始跳荡,
有何手足能制你不放?

何种铁锤?锁链来那方?
何种炉内溶出你脑浆?
是何铁墩?有谁人的手

能抓住恐怖不稍颤抖?

当星把戈矛掷下天空,
以它们的泪浇洒苍穹,
他作成你时曾否微笑?
羊与你是否皆他创造?

虎呀,虎呀,在夜之树林
双睛内燃着火样光明,
当初是怎样一个神道
把怖人的你竟敢创造?

美人

———— 彭斯

我那娇娆的女郎
离了家远去他乡,
美貌让人人瞻仰
好比是空中太阳。

见了她不由心乱
一直到海枯石烂,
抟美人不知几多
天对她独是细看。

你好比温暖阳春
教我们心血沸腾,
秋岭上最鲜枫叶
也不如你的双唇。

催命鬼比户挨家
连皇帝他也擒拿,
他见你偏偏住手——

我都怜惜这娇娃!

仙人对你最相怜,
他们在你的眉边
加上了光轮一匝:
因为你也是天仙。

我那天仙般女郎,
快回来你的家乡,
你好比明珠一粒
还须在匣内珍藏。

多西

———— 蓝德尔

靠拢！奈河船上的人，
你们把多西围起来：
怕的迦仑忘她是魂，
他自家年纪已老迈！

终

——蓝德尔

我不争,因无人值得我的争斗,
自然我最爱了,其次便推艺术——
我在人生的火炉前暖着双手,
炉火熄了,我也更无什么踌躇。

恳求

———— 夏悺

有一个字眼被人滥用，
　但我不敢滥用它，
有一种情感被人嘲弄，
　但你不好嘲弄它。
有一种希望极像失意，
　失意有谁能克降？
得到了你的一点怜惜，
　比别人千倍都强。
我不敢呈献爱情与你，
　我呈献的是崇拜——
人的崇拜神也看得起，
　我的你该不见外？
我所敢呈献的是愿心——
　好像猿猴愿捞月，
好像灯蛾愿得到光明——
　你难道忍心拒绝？

希腊皿曲

———————————————————————————济慈

"安静"的未受污辱之新妇,
　　拜认与"沉默""悠久"的女儿,
郊野的史家,把故事叙述,
　　说得比诗歌更藻丽一些:
那上面绿叶为缘的故事
　　是谈的天陂,亚卡地谷中
　　　神或人,神与人的那些话?
这些是什么人神?什么女子,
　　不愿意,奔逃,挣扎在当胸?
　　　什么铙管?什么狂喜爆发?

听得见的乐调是美,不过
　　听不见的更美;那么,箫管,
齐奏罢;不向那肉的耳朵,
　　你们向灵魂无声的高啭:
树下的美少年,你停不住
　　你的歌唱,树也落不了叶;
　　　勇敢的恋人,你接不了吻,

虽然很近——可是,你莫悲楚!
  她不会从你的眼前消灭,
    永久的你要爱,她要媚人!

啊,幸福的树枝!永不落叶,
  永不与芳菲的春季送行;
幸福的乐师,不疲,不停歇,
  永久的吹出常新的乐声;
更幸福的爱!更幸福的爱!
  永远的热烈,享受到无穷,
    永远的喘气,永远的少年;
远胜过凡间的浓情密态,
  不让悲哀,餍饫落在心中,
    炽热在额上,焦枯在舌尖。

这些人是谁,同去赴牺祭?
  玄秘的祭司,你牵着那牛,
向天长鸣,滑如丝的腰际
  缀着花,是去那个祭坛头?
在这虔诚的清早,他们来

自那条河边，海岸的小市，
　　自那个筑堡而居的山城？
小镇呀，沉默将永远住在
　　你的街道；人将永远不知
　　　你何以荒凉，何以无居民。

啊，希腊的形状！美的姿态！
　　上面满是那石雕的男，女，
树的枝条，被践踏的蒿莱；
　　你超越过了我们的思域，
与"永恒"一样！冰冷的牧歌！
在老年断送了本代之时，
　　你仍将存在着，眼看后嗣
受新愁，朋友般的你要说，
　　"美即真理，真理即美——这是
　　　你所知，你所应知的八字。"

夜莺曲

———————————————— 济慈

我的心痛着,困倦与麻木
　　沉淀入感官,如饮了鸩酒
不多时,又如将鸦片吞服,
　　我淹没进了里西的川流:
这并非嫉妒你的好运气,
　　这是十分欣羡你的幸福——
　　　　欣羡着你这轻翼的木仙
　　　　　　与山毛榉商议
　　好了,在重重绿荫的深处
　　　　安详的扬起歌喉唱夏天。

唉,要是有一盅酒!那深藏
　　在地下,冷了的,尝来令人
想起那花神,那绿色之邦,
　　舞蹈,恋歌,与日炙的笑声!
要是有一钟酒,充满温热,
　　充满真的,羞红的喜坡琴,
　　　　边上闪动着串珠的酒泡,

染双唇作紫色：
让我来饮下，好离去红尘，
随了你到幽暗里去逍遥——

随了你远去，长逝，好忘记
在枝头你所不见的一班
人世间的疲劳，热病，焦急；
在这里，我们人坐着对叹，
瘫痪抖动着苍白的稀发，
青年失色，瘦削了，便死亡；
在这里，一动念便是愁闷
与铅目的悲侘；
在这里，明眸不能常闪光，
到明天它便看不见爱情。

去！去！我要飞翔到你那里；
不与那酒神乘文豹之车，
我要鼓动起诗歌的羽翼，
虽有尘思相扰，俗念相迂：
在你身边了！这夜真温柔，

月后或许已经登了宝座,
　　四边围绕着有星仙一行——
　　　这里,光是没有,
除去那天上随了风吹落,
　　渗下黯绿到苔径的微光。

我瞧不见那足旁的花卉,
　　悬在枝丫上的万朵温馨,
我只是在芬芳的幽暗内
　　来猜月令是拿什么熏成。
那草,那灌莽,那果树蓬勃;
　　那白枳花,那诗意的刺蔷;
　　那早凋的地丁藏在叶丛;
　　　与骄夏的花朵,
那麝香玫瑰,露珠垂瓣上,
　　与那喧嚣在夏暮的飞蛊。

幽暗中我静听;有许多次
　　我几乎爱上闲静的死神,
我呼唤过他许多好名字

向了天上摄去我的余生；
佳妙的莫如在这时断气，
　　在午夜安然的离去形骸，
　　　　听着你把灵魂这样倾泻
　　　　　　成一片的浏利！
　　那时，你还是唱，我已高迈——
　　　　在你的葬歌中与世长别。

长生的歌鸟，你不会死去！
　　没有饿的时代将你蹂躏；
今晚这悦我双耳的歌句
　　君与民在古代皆曾谛听：
或许便是这歌声洋溢入
　　露丝的悲怀，当她想着家，
　　　　噙了泪，站在异乡的谷田；
　　　　　　便是它安慰住
　　魔法的窗棂，下面有浪花
　　　　绣着海水，在荒境的前边。

荒！这个字好比是一声钟

从你那里敲落我的幻想!
别了!幻想,那欺罔的仙童,
  又那能教人一切都遗忘。
别了!别了!你那怨诉之音
  已经低微过坪上,越水面,
    登了坡;现在它已是深埋
  入隔山的树林:
  这是幻觉,还是我发梦癫?
    歌声去了——我可已经醒来?

秋曲

———————————————————— 济慈

雾气洋溢果实黄熟的秋
　你与成熟的太阳是伙伴——
你们同用了累累的珠球
　缀满茅檐下的葡萄藤蔓,
你们使苹树负密实弯腰,
　使榛实紧抱在核的中央
　　使葫芦腹大,使一切果实脸红
你们为蜂蜜开迟结的苞,
　使它们以为永远有暖阳
　　虽然夏已填满它们的黏巢中。

我们可以寻得你于谷仓,
　出外寻你的人亦可相遭,
见你安闲的坐在打麦场
　头发随着簸谷的风轻飘,
或为罂粟花的浓息所醉
　你酣卧于温暖的秋阳下
　　让镰刀在半刈的犁沟侧闪光,

有时你肩负谷袋驼起背

　　影落水中，或看守榨酒架

　　　你耐心瞧着徐徐滴下的酒浆。

春歌去了那方，去了那方？

　　不提罢你岂无你的音乐——

当扇形的云映落日腾光

　　分辉到只余谷根的阡陌，

这时河干柳树下的小蛊

　　齐扬起它们怨诉的歌声，

　　　时高又时低，随了微风的生灭，

群羊嘻笑着驰走下山峰，

　　篱蛩与园内的红襟齐吟，

　　　丛飞的燕子在空中呢喃不歇。

妖女

———————————————————— 济慈

骑士啊,你为了何故
　这般丧气的徘徊?
湖中枯了青青芦苇,
　停了野鸟喈喈。

骑士啊,你为了何故
　这般苍白的面容?
冬贮已满松鼠巢内,
　五谷已满仓中。

你的头额白如百合,
　上垂似露的汗珠,
你的双颊昔如玫瑰,
　今已颜色凋枯。——

我在坪间遇一妖女,
　绰约如天上仙人,
发长委地,轻盈脚步,

目射异样光明。

我作给她一顶花冠
　芬芳的腕钏腰带,
她望着我柔声太息
　好像对我真爱。

我带她同骑在马上,
　整天到晚的偷睃,
她在鞍间侧了身子
　唱着妖女之歌。

她寻到味美的草根
　野蜜仙露与瓜果,
她用非凡间的语言
　说她真正爱我。

她带我去窈窕洞中,
　她流泪并且长叹,
我吻她异光的眼睛
　一目连吻两遍。

她将我迷入了睡眠——
　　咦！那个惊心噩梦
我看见王子与国君
　　鱼贯在这山洞。

还有骑士我一般的，
　　苍白得都像骷髅，
他们说：杀人的妖女
　　已经将你俘囚！

昏黑内张开的大口
　　就中有警告深藏——
我当刻从梦中醒转，
　　奔来此处逃亡。

是因此我独行踽踽，
　　这般丧气的徘徊，
虽然湖中枯了芦苇，
　　停了野鸟喈喈。

往日

———— 费恩吉拉尔德

闷人的事情
  是目睹一年告毕,
耳闻西北风
  在黄叶林中叹息——
    叹息啊叹息!

到了这时光,
  我就将身子藏躲
在一老屋中,
  暖着光明的炉火——
    啊,燃一堆火!

我坐在火旁,
  读着古代的诗文,
咏春的词章,
  这时候风儿悲吟——
    寂寞的悲吟!

我不顾风声,
　　也不伸头于窗侧,
因为入目的
　　只有如雨的落叶——
　　　　如雨啊如雨!

我只学秋蛊
　　紧挨在壁火之旁,
诵咏夏之文
　　与歌任侠的诗章——
　　　　慷慨的诗章!

我又与友人
　　闲话昔年的琐事,
那刻多快乐,
　　但有时也是傻子——
　　　　终究啊快乐!

想再乐起来,
　　便同唱往日之歌,

但觉有夏飔
　与我们歌调相和——
　　甜美的相和!

歌完了吸烟
　室中温暖而亲密,
默然的相对,
　偶有杯酒的对吸——
　　吸完又静谧!

冬暮

白礼齐士

短促的冬日已暮,
　　来了夜长。
那太阳有谁知道
　　去了何方?

天色自灰转深黑:
　　小径之中
不见回家的车子,
　　只闻隆隆。

一架吁喘的机器
　　滚过场间,
在渐低的天空下,
　　云连汽烟。

树枝间落下水点,
　　从夜到明
这两行树的渐沥,

将不稍停。

一个老人坐房内,
　　难得离开。
他知道自己无分,
　　即使春来。

他的心憔悴已尽。
　　有时出家
走到草堆头一个
　　他就眼花。

他回想幼年时代,
　　回想中年,
如今他耐心等候
　　入土长眠。

死

———————————————————————— 华特生

世间的人不须惧怕死亡:
天堂既无,也便不愁地狱。
人生之宴我们已经品尝,
地下蛊蚁难道就该死去?

索赫拉与鲁斯通

———————————————————— 安诺德

　　鱼肚色的黎明升上东方,
雾在奥稣河面舒缓飞腾。
但岸旁的营帐仍然悄静
无声,人都在帐里酣眠着。
只有索赫拉,他整个夜间
辗转反侧,不曾闭过双目。
黎明的颜色一入了帐中,
他便起身,披上衣甲,佩剑,
罩着骑士之袍,行出帐外,
在寒而湿的雾气中前行,
一直去辟朗威萨的营幕。

　　他穿行过黑暗的营帐间——
攒聚着好像蜂巢。这河岸
是低平的,帕米尔雪澌时
河水涨没了这一片原隰。
他穿行过黑暗的营帐间,
穿行过这片低平的原隰,
行近一座小山,山下河中

卧着夏潮发时用的小舟。
昔时曾有人在这座山顶
筑过土垒，但如今颓圮了——
他们替辟朗威萨在那里
扎起营，树条的顶，盖着毡。
索赫拉到了这帐前，走进
到厚铺着毯子的营地上，
看见老人在床中安卧着，
身拥毡与绒，兵器在手边。
地毯上步声虽轻，但老人
听到了，因老年是警醒的。
他翻起身来，支着臂膀，道，
"是谁？在这天尚早的时候？
有何探报？还是敌人偷营？"

　索赫拉走到床边，开言道，
"我呀，不是别人，辟朗威萨！
太阳还不曾起来，仍眠着
敌人，但我无眠。整个夜中
我不曾闭眼，所以来找你。
亚发西雅王当初是这般

叮嘱我的,教我一切依你——
在撒玛康,大军临出时候。
如今让我向你倾吐衷怀。
你知道的,自离阿得贝疆
我来到鞑靼营中佩刀剑,
我为亚发西雅立的功劳
很多。你也知道,我虽年幼,
但勇如老将。你也该记得,
我这般举鞑靼的长胜旗,
把波斯人百战摧折百回。
为的是寻一人,更无别个——
鲁斯通,我的父亲。我望他
有朝一日在光荣的战场
遇到这并非不肖的儿子。
我望了许久,但终未寻到。
我的主张如此,望你依允——
今天两军不必交绥,让我
挑战出波斯军内的勇将
与我单拼。如我将他赢了,
鲁斯通一定得知。我输了——

眼一闭，还要什么亲人呢？
混战中是得不了名声的，
因为两军相遇，死者太多，
唯有单战，威名播的最快。"

他说完时，老人拉他的手
放在自家掌中，叹口气说，
"索赫拉啊，你的心太乱了！
为何不安处在我们中间，
与鞑靼的渠帅同忧同乐，
一定要轻弃爱你的我们，
匹马当先，搦单人的厮拼，
去寻那彼此不识的生父？
孩子，最好还是逗留此间，
不多作声：争战时在营幕，
言和后在亚发西雅国中。
但如你一心的只想这事，
找鲁斯通——也莫去战场上！
去田舍中。并且交还给他，
索赫拉呀，你无损的身躯！
你须远行，因他不在这里。

如今不比我年少的时候
每战皆见有鲁斯通当先,
如今他不上阵了——他在家,
在绥司坦,守着老父查尔。
或是因为到头他的神勇
也经历到老年的侵蚀了,
或是因为与波斯王不和。
去那里寻他!——不?不知何故,
我觉得今天你要逢不幸。
只要你不遭意外的灾祸,
就是离了我们,那也无妨。
我们盼望在和平中送你
上路寻亲,不望在无益的
单战中——但谁挡得住小狮
不伤人?谁挡得住鲁斯通
生的儿子?去,我依你便了。"

放下索赫拉的手,他起床,
舍去了那些温暖的毛毯。
他在寒冷的四肢上披起
呢制衣裳,将履系在双足,

罩起白色衣袍,在右手中
拿着元帅之节,不佩刀剑。
头上戴着羊皮作的帽子,
黑而光泽,嘉勒的卷毛羊。
他掀起营帐的帷幄,呼唤
使者到身边,一同上阵场。

　如今日已升了,雾气消散,
露出宽的奥稣,岸沙闪烁。
鞑靼的骑兵从各营泻出
到广原之上:是哈荞叫的——
哈荞,军中除去辟朗威萨
便数他,如今尚在壮年中。
从黑色的营帐他们泻出——
有如,在一个灰色的秋朝,
长颈的鹳鸟成行列待发,
有些来自亚拉临各海嘴,
有些来自结冻的加司平
芦苇洲上,泻出埃布兹的
南坡,与凯斯宾,鼓翼南飞
去波斯温暖的海滩:同样,

从黑色的营帐他们泻出。
奥稣河的鞑靼,禁卫军卒,
当先,长矛,黑色的羊皮帽。
人高马大,或来自保嘉腊,
或吉伐,他们酿马乳为酒,
接着,是南方来的突克蒙,
屠加,沙罗尔的长矛战士,
亚特卢,加司平沙岸来的。
这些人低马小,他们只饮
骆驼的酸乳或井中之水。
其次是一群乱马,自远方
来到的,态度尚暧昧不明。
费格拿的鞑靼,雅萨提司
岸旁来的,他们胡须稀薄,
戴着紧箍的帽子。浪游在
吉普申,北方荒野的番苗,
加尔木,蓬发的苦札克,栖宿
在北极附近的一些部落。
以及居处无定的契纪西
骑着帕米尔翻毛马来的。

这些齐由幕中上了阵地。
对方波斯的军容也很盛——
先锋是不亚鞑靼的轻骑,
哥拉桑的伊里亚,在后方
是波斯的御林马步二军,
铁甲闪着光崭齐的排着。
但辟朗威萨携使者来了,
他穿行过鞑靼队伍之中,
到阵前,用帅节阻住三军。
领带波斯军队的费卢得
见辟朗威萨阻住鞑靼时,
也提起矛,走到波斯阵前,
把他们挡住不让再前进。
年老的鞑靼酋帅到沙上
在无声的行伍间开言道,
"听!费卢得,波斯人,与鞑靼。
今日两军之间可以休战。
但从波斯豪杰中选一人
与我们的索赫拉相厮拼。"

　　有如,在乡间,初夏的清晨,

露珠尚熠耀于穗头之上,
颤抖从欢欣的谷中波过——
同样,听到辟朗威萨之言,
欣喜从鞑靼的行伍中
颤过,翘企着索赫拉得胜。
　但如,自卡布尔来的货郎
在印度的高加索山行旅,
仰见高接天的突兀雪峰,
在愈行愈高峻的路途上,
见南飞之鸟跌落在深雪,
被冷气呛死了,他们自己
亦无汁多的桑椹润枯喉,
踵相接的屏着呼息前进,
生怕将头顶的雪块惊下——
同样,波斯的六军屏呼息。
一行将帅来费卢得身边,
商议此事:孤笃兹,佐雅拉,
与菲剌布(这是波斯军的
副元帅,波斯国王的叔父),
他们同来商议。孤笃兹说,

"费卢得,不应允他们可羞,
应允了时又无人去抵挡。
这少年勇如狮矫捷如鹿。
但鲁斯通昨晚来了:远离
大军扎下营盘,未来阵前。
我去找他,将鞑靼的挑战
说与他听,并少年的名字。
他或能平下怨气来应战。
你可以上前,回话与敌人。"

费卢得闻言,站上前呼道,
"老将,就依你的言语单挑!
我们就找人来对索赫拉。"

辟朗威萨闻言,回转身躯,
自让道的行伍中返帅营。
但孤笃兹疾行过营帐间,
直到它们的尽头,再行过
一片沙,到了鲁斯通之帐。
这些是赤布的,颜色绚烂,
才扎起不多久。正中一营
是鲁斯通的,军卒在四围。

孤笃兹走进了营帐，看见
鲁斯通，早饭已经吃完了，
但桌子仍未撤，堆满食品——
半边烧烤的羊，许多面饼，
深绿色的瓜。他坐在那里
出神，手腕上抓住一只鹰
玩弄着。孤笃兹进来站住，
正对着面。他见是孤笃兹，
失声的跳起，将鹰放下了，
伸开双手去迎孤笃兹，道，
"失迎了！我今天眼福不浅。
有何军情？但先坐下饮食。"

孤笃兹在幕门中站住，道，
"不是如今！饮食自有时候，
但非今日，今日需要别的。
大军上了阵，但相对无言：
因鞑靼的军中来了挑战，
教我们选出最勇的英雄
对他们的——是谁你也知道——
索赫拉，但他的来历不明。

鲁斯通啊,他英勇不让你!
这少年勇如狮矫捷如鹿。
他年青,伊狼的酋帅太老。
太弱了,大家都企望着你。
上阵来,鲁斯通,帮助我们!"
他说完了。但鲁斯通笑道,
"罢了!伊狼的酋帅如太老,
我更老呀。少年人如太弱,
那就国王错了。恺考斯卢
自己年少,他相信少年人,
任一班的老朽归去坟墓。
鲁斯通不好了,少年才好——
他们尽管去应战,不须我。
大家尽管去夸赞索赫拉。
说他怎样好:这与我何关?
我真愿生这样一个儿子,
不是生的那个无用女娃——
这样一个有威名的儿子,
遣上战场,我自己却分身
去卫护须发皆白的查尔,

我的父亲，不让阿富汗人
侵蚀他的土地，劫掠牲畜，
欺凌他无力自卫的衰年。
我将去那里，高悬起铠甲，
以威声呵护着我的父亲，
休养自身，听人夸索赫拉，
任一班寡恩的国王授首，
不再拿这双手舞剑擎枪。"

　他含笑的说。孤笃兹回答，
"鲁斯通啊，别人将说什么，
见索赫拉挑战我们之中
最勇的，他意中便是指你，
你却藏着头不出去会他？
小心别人说你：像守财奴，
鲁斯通秘藏起他的英名，
不让年富力强的人去动。"

　鲁斯通听完话，变色言道，
"孤笃兹啊，你为何说这话？
你平常说话不这般鲁莽。
或有声，或无名，或老或少，

或勇或怯,于我有何轻重?
他们,连我,不都是些凡人?
但谁肯为庸夫去立大功?
好,你看鲁斯通藏名与否!
但我将披上无花的甲衣,
不露我的真姓名去应敌:
免得旁人说道,曾有凡夫
与鲁斯通单身的搦战过。"

　　他说完后皱起眉。孤笃兹
又惊又喜的疾行过帐间——
惊的他怒了,喜的他要来。
鲁斯通踏步到营门,叫进
侍卒,令他们搬运来铠甲。
他穿起铁衣,但衣上无有
镌花,盾上也无任何雕文。
只有头盔是华贵的:嵌金,
盔尖上一条马鬣编的翎
飘拂,一条大红的马鬣翎。
披戴已好,他出帐。骒克希,
他的马,如忠犬在后相随——

这便是那闻名的骒克希,
当初鲁斯通征战保嘉腊,
在河边见牝马乳一小驹,
他将这中意的小驹赶回
养大了。它是栗色的,高项。
背披的鞍垫是绣花绿布,
布满金纹,垫上精挑密绣
一切为猎人所知的兽类。
战马随身,鲁斯通出营帐,
走过各营盘,到波斯军前。
波斯军中无人不认识他,
见他上阵来时无不欢呼,
但鞑靼的军队茫然不知。
有如淋湿的没者登岸时,
惨容垂着泪候他的妻子,
在多沙的巴赫阑,波斯湾上,
在家中焦候的妻子,见他,
整天的在碧水中捞蚌珠,
安然的捞足了数,在夜间
升上绿波,重返沙汀小屋——

同样，鲁斯通到波斯军前。

　　他走上波斯军队的前头，
索赫拉也全身披挂而出。
有如，农夫在富人的田中，
田的正中割下一行熟谷，
两边是金戈如林的立着，
正中是一条凹痕分间开——
同样，这战场上两边是人，
枪矛林立，中间隔着平沙。
鲁斯通到了沙上，抬望眼
看鞑靼的营盘，见索赫拉
全身披挂的向他走了来。

　　有如，富妇在冬天的早晨
自丝织的窗帏间窥贫妪
用麻木的黑手为她生火——
在鸡鸣时候，星光的冬晨，
霜花开在白了的玻璃上——
纳罕着她是怎样过活的，
现在她的心中想着什么：
同样，鲁斯通望着这少年，

面生的,前来,年虽少,挑战
这些最勇的酋帅:他尽望
这精神抖擞的少年,心中
纳罕为谁。因他实显年轻
有如年青的柏树,暗而直,
高立在王后幽谧的园中,
影落月光铺满的草坪上,
在中夜,潺湲的泉水声内——
索赫拉同样的俊秀硕长。
看他这样的前来,鲁斯通
胸中陡生怜爱。他不挪动,
只拿手招他近身前,说道,

"少年啊,空中的大气柔和,
温暖,愉快,但坟墓是冷的!
空中的大气远胜过坟墓。
看我!身躯既大,又披厚甲,
并且久经过猛烈的战阵,
与无数的劲敌争斗过——
无战不胜,无一人能生还。
索赫拉啊,你何必寻虎口?

依我!抛舍了鞑靼之军,来
伊狼,将我认为你的父亲,
战于我的旗下,直到我死!
伊狼没有少年及的了你。"
他和颜的说。索赫拉听到,
听到鲁斯通的巨声,看见
他巨灵般的躯干立沙上,
独立沙上,有如一个望楼,
是昔年酋帅建立在荒野
御盗寇的,又见他头颅上
已生了白发——希望溢心田,
他跑上前拥起老人的腿,
握手在自家的当中,说道,
"凭了你父亲之名,你自己!
你不是鲁斯通吗?说!可是?"

　但鲁斯通猜疑的望一眼,
掉转了头去,向自家说道,
"咦,倒不知他在想的什么?
这班少年的鞑靼人欺诈,
刁钻,并好夸,是有了名的。

因我现在如认了他的话，
不遮瞒起来，说，'是鲁斯通'
他一定不会听从我，跟我——
他会设法避开与我交锋，
会谄谀我，赠亲热之礼物，
带或刀，然后回他的营去。
到节令时，在撒玛康地方，
亚发西雅的堂中，他会说，
'我在奥稣河上曾挑战过
一切波斯的贵人，但无有
敢应战的，唯鲁斯通上阵，
应挑，我与他交换了礼物
作留念，不分胜负的相别。'
他们听到之时，会夸奖他，
那时伊狼便威名扫地了。"

他便转身，沉色的高声道，
"起来。无用的，你不须追问
鲁斯通。我来了，是你挑战
上场的。施你本领，不，就降！
你难道要鲁斯通才肯战？

孩子，人见了鲁斯通就逃！
我知道的，如他来了这里，
应你的挑战，将名字泄露，
那时一场战斗便没有了！
我便是我，告知你一句话——
你将它嵌进灵魂的深处：
不是收回大言，服低与我，
就散骨于此黄沙，任西风
吹白，或奥稣以夏日之波，
奥稣在夏日将它们卷走！"
他说了。索赫拉站起回言，
"你如此的狠？却吓不了我！
我并非女儿，受惊于大言。
但你有一句话说的不差，
如鲁斯通来了这片疆场，
这一番战斗便将没有了。
但他不在这里，只是我们
开手罢！你比我大，凶的多，
你久经过战阵的，我年幼——
但胜利握于上天的掌中。

你虽觉得胜利如在掌中,
但你也不能十分的自信。
我们都像些海上的泅者,
悬在一个命运的巨浪头,
尚不知它要向那方落下。
它或将我们送到实地上,
或卷入海卷入死亡之海:
我们不能知,也无从知的。
事到临头才知结局怎样。"

　他说完,鲁斯通并不回话,
只将矛扔去,它飕的击下,
有如扑谷田中小鸟的鹰,
在高云上盘旋了许多时,
忽的扑下。索赫拉瞧见了,
连忙闪开,疾如电光。矛头
飕的一声,颤然插进沙里,
将沙激的四射。好索赫拉,
也回掷过去,中了鲁斯通
面前的盾,铁片铿然作声,
但挡住了矛头,未到身上。

鲁斯通举起槌来：除了他
无人举得动的，巨大，粗糙，
是未修的树桩——如广漠中
寻刳舟之木的人在涨边
获到的，在海发西斯地方，
或亥达斯陂，是冬日狂风
在喜玛拉雅山的树林中，
黝暗的泉水旁，摧折巨枝，
撒满了山沟，随波卷下的——
鲁斯通这时举起的木槌
就是这般巨大。他打下来
一下，但索赫拉又闪开了，
蛇样灵的闪开了。这大槌
轰的落在地上，震出了手。
鲁斯通随了倒下，弯两膝
倒下了地，双手抓在沙中。
这时索赫拉尽可抽出刀
一下刺死鲁斯通，在沙上，
眩晕之中，屈膝阻沙时候——
但他望着微笑，并不抽刀，

他多礼的退身，开言说道，
"这下太凶了！是你的大槌
要漂于水，不是我的骨殖。
起来，不必生气！我并未气。
是的，我见你时，气全无了。
你说你并非鲁斯通，也好！
那么你是谁？能这般悦我？
我虽年幼，也曾上过阵的——
我也曾在这血腥的海中
独打过先锋，闻将死之群
低沉的作巨声，但无一次
我的心曾经这般感动过。
这是天意吗？我如此动心？
老将啊，让我们顺从天意！
来，让我们将怒矛插地上，
言和，两人并坐在沙地中，
朋友般举赤酒应酬你我，
让你谈说鲁斯通的战绩。
波斯军队中有的是将士
我能战斗的，杀死，不生怜，

亚发西雅也尽有人承受,
你的矛头。与他们去斗罢!
但我同你,我们尽可言和!"

他停声了。但鲁斯通此时
已起来了,站着,浑身怒抖。
大槌仍在沙中,但得了矛——
亮的矛头在他裹甲手中
射出不利之光,有如天狗,
疠疫的凶星。头盔之翎毛
与甲衣上皆有沙泥沾垢。
胸膛起伏,涎沫满唇,吐气
都吐不清,最后方能说出,
"女儿小子!脚灵两手不灵!
拳发的奴才,只知道跳舞,
花言巧语!闭了口,交战罢!
如今并非亚发西雅园中,
对着常陪你舞的女鞑靼,
如今你是在奥稣河岸上,
战斗之舞中,对着的是我。
我交战时是不开玩笑的,

只知刀来剑挡,分个高下。
不须向我说祝酒或言和!
鼓起全身的气力来应战,
施出全副的诡诈!我当初
一点的怜惜现在全无了;
因你当着两军之前辱了,
用尖巧与诡计羞辱了我。"

　　他说了。索赫拉闻言大怒,
也拔出了刀来。他们立刻
厮撞在一起:如两鹰争食,
一同疾射下突兀的云端,
一自东方,一西:两人的盾
铿的撞在一起。有如清晨
树林心中常听到的斧声,
木干倒地之声,是强壮的
伐木人所腾起的——鲁斯通
与索赫拉互相用力的砍。

　　在这悖叛人伦的争斗中
太阳与星都像参加入了:
一片云忽生出天空,遮起

两人顶上的阳光，在脚下
刮起狂风，过原野作呻吟，
卷着尘沙，遮蔽起了两人。
只有他们两个隐在暗中——
两旁呆望着他们的军士
仍立在阳光之下。天澄清，
奥稣河面有日光在闪耀。
唯有他们交战在阴霾中，
圆睁血光之目，吁喘着气。
先是鲁斯通举矛戟扎进
索赫拉擎在面前的盾牌，
包皮进了，但仍间着裹革，
他便怒哼了一声抽出来。
索赫拉也举刀砍下头盔，
虽未沾肉，但盔头与翎毛，
向未玷污过的马鬣翎毛，
都被削下来，跌落在尘土。
鲁斯通低下头，此时阴霾
较前更厚，空中震雷作响，
电光射下乌云：两人身边

有骒克希,鲁斯通的战马,
发出来耸发凉心的嘶叫——
这不像马鸣,像漠中巨狮,
整天的随身拖带着镖枪,
猎人掷进腰中的,哀吼着,
到夜间,来了沙砾上毕命。
两军听到马嘶,惊得直颤。
声过奥稣河时,水都凝了。
索赫拉闻声,一毫不畏怯,
仍然追上去,再砍第二下。
鲁斯通又低下了头。这回,
刀在头盔上,像玻璃一般,
碎成了银花无数,只余柄
握在索赫拉手中。鲁斯通
这时抬起了头,他的巨目
射出异光。在头上摇着枪,
他大叫一声:鲁斯通!此呼
索赫拉听到了,惊得抽身
退一步,眏两目呆望巨形
向他逼来。心中失了主张,

他的盾牌落下了,那矛头
便从他的腰间插了进去。
他拿身不定,向后方摇晃,
终于倒下了地。这时阴霾
忽然清灭,狂风也停止了,
光明的太阳复挂在天空,
将云消散了。两军见二人——
见鲁斯通无伤的直立着,
见索赫拉伤卧在赤沙上。

这时鲁斯通苦笑的开言,
"索赫拉,你一心的想杀死
一波斯贵人,剥脱下衣甲,
去亚发西雅的城中夸耀。
不则鲁斯通他自己应战,
上场来,让你用诡计迷住,
收下赠品,放你安然回去。
那时鞑靼军士便会同夸
你的勇敢,计策,扬你威名,
使你的老父闻到了欢喜。
愚人,你死了,是无名汉子

杀死的!只有赤豹亲近你,
朋友,老父,都离你远着呢。"

　　毫无怯色的,索赫拉回言,
"你诚然无名。但不要夸口:
并非你杀死我的,夸口人!
是鲁斯通,我的这片孝心。
因就是十个你这般的人,
来战斗与向日一般的我,
卧的也是他们,站的是我。
但那亲名勾去了我的魂——
那名字,与你的一种神情,
使得我疑惑不定,使盾牌
落下我手中。你不过趁机
杀死了一个无遮拦之敌。
现在你夸口了侮辱我了
但你听,凶汉,听了去心惊——
鲁斯通会来替我报仇的!
我的父亲,我曾遍地寻求,
有一天他总会来报复的。"

　　有如,猎人在一股泉水旁

瞥见孵幼的雌鹰伏巢中，
在乱山里，湖旁的岩石上，
发箭射中刚要飞起的她，
追踪她的高影，瞧见落下
在远方——不多时，雄鹰寻食
回来了，远远的瞧见小雏
瑟缩的抛撇在巢内。见此，
他便敛翼，不安，短促的飞，
在窠巢上飞，锐声的呼叫，
催促他的妻子快回：但她，
身边带着箭，已经快死了，
落在他所不见的石壑中，
一堆鼓动的羽毛，——从此后，
再不能湖水照飞过的她，
黝黑阴湿滴着水的危崖
回应她飞过时尖的叫号——
有如这鸟尚不自知损失
同样，鲁斯通也不知损失，
站在唯一的亲生儿子前。
他冷然，毫不致信的回言，

"这说的什么,父亲与报仇?
鲁斯通并不曾生过儿子。"

　索赫拉,上下气不接的,道,
"生过,生过!那儿子便是我。
这消息他有一天会听到,
鲁斯通会听到。他在那方
我虽不知,离这里总辽远。
他听到时,会像刀刺了心,
跳起来取兵器为我报仇。
当心!他又凶,又只这儿子!
伤了他的心,那如何了得?
唉,要是我现在有他慰藉!
但我最可怜的还是她,她,
我的母亲,住在阿得贝疆。
陪伴着她的父亲,那老皇,
须发白了,统辖库兹族的。
是她我最怜惜:从鞑靼营
她永远不能看见索赫拉
在战后扬名满载而归了。
不幸的风声将从这部落

传到那部落，直到她听见。
那时，这无援的妇人将知
她永远瞧不见索赫拉了：
他在辽远的奥稣河岸上
与无名汉交战，已经死了。"

 他说完后，悲的哭出声来，
想着母亲，与自家的将死。
他说完，鲁斯通默然自思。
他尚不相信这说话的人，
虽提起了许多熟的名字，
便是他的儿子，因他知道
那在阿得贝疆生的孩子
是一柔弱女娃并非男儿——
母亲是这般传话给他的，
怕他知是男时索去练武——
因此他以为不是索赫拉
欺吓人说鲁斯通是父亲，
便是旁人为他扬名说的。
虽这样想，他仍默然自思。
他心中涌起了悲哀，有如

在满月下闪光的洋涌起
波浪一般。他目中流着泪：
因忆起了他自家的青年，
那时的无上快乐。如黎明
牧人自山头的茅舍瞧见
远方朝阳下的光明城市，
上过无数流云——他的青年
鲁斯通这般看见了。又见
索赫拉的母亲，正处芳年，
与那老皇，她的父亲（极爱
这行踪不定之宾，将女儿
给了他，满情愿的）及当时
他们所同度的愉快生活：
他们三人，在那辽远春天——
那时的城堡，露林，与游猎，
鹰犬，与阿得贝疆悦人的
山岭上的早晨。他又观看
这少年（就岁数模样说来
正该是他的儿子）在沙上
伤卧着，形态可怜又可爱，

如丽色的风信子被园丁
笨手的镰刀在芟野草时
割了,如今只剩一茎紫花
芬芳的卧在芟刈之草上——
索赫拉便是这般,临死时
仍然可爱的,倒卧在沙上。
鲁斯通酸楚的瞧着,说道,
"索赫拉啊,有你这个儿子,
鲁斯通,如你是他的儿子,
是将钟爱的。然而这不会。
或者旁人哄你的——鲁斯通
并无儿男,孩子虽有一个,
只一个——是女。她伴了母亲
如今在作着些轻工,想我
是不会的,也不会想战,血。"

但索赫拉气了,因他腰上
深陷的矛头如今极痛苦,
他想拔出来,让血通达的
流出,尽时他好快些死去——
但他要先说信了这敌人:

便用臂膀撑身,沉色说道,
"汉子,你是谁,能疑心到我?
人在将死时话都是真的。
况我一生向来不屑撒谎。
我告诉你,在这臂上刺着
鲁斯通的印,是他教母亲
在产下之孩儿身上刺的。"

　闻言,鲁斯通双颊顿苍白,
膝骨软了,他抬起手掌来,
击着胸膛,用蒙甲的手掌。
击时铁的胸甲锵然作响。
他将那只手紧贴在心上,
声音粗糙的他开言说道,
"索赫拉,那符记是不差的!
真,那你便是鲁斯通之子。"
　忙着用无力之指,索赫拉
松开带,露出靠肩的上臂,
果有标志,是朱红的刺点
形成的:如北京巧思的匠工
用朱红在磁器上刺花纹,

是皇上的馈赠——黎明开始，
整天，黑夜降临以后，灯光
照着他皱纹的前额，瘠手——
同样精细的花在索赫拉
臂上刺着，鲁斯通的印文。
那便是鹰狮，养大查尔的，
查尔，鲁斯通的名父，被人
弃在荒崖上，任从死去的——
但为鹰狮所见，养大成人：
鲁斯通便拿它作了符记。
露出臂上的印文，索赫拉
忧伤的将它凝视了许久，
方才用手点示着，开言道，
"如今你有何话说？这符记
谁能有？鲁斯通之子？别人？"

　　他说了。鲁斯通只知望，望，
不出一言。接着锐声大叫：
儿呀！——你的父亲！——便梗住了。
一团乌黑射过他的眼前，
他头昏脑晕的栽下了地。

索赫拉爬到他面前,张臂
拥起他的颈子与他亲嘴,
用摇颤着的手指摩抚双颊,
救他苏醒过来。魂魄悠悠,
他终于苏醒过来,张双目,
目中充满了恐怖。他伸手
抓起他身旁地上的泥土,
扔上头,揉在头发的中间——
头发,面须,与光亮的甲衣。
猛烈的抽噎挣扎出胸间,
梗在喉头。他抓住了佩剑,
想抽出,永毕了他的性命。
但索赫拉猜出了,忙握住
他的手,用温言安慰父亲,
"父亲,莫如此!我不过今天
遇到了上天久已注定的
命运。你不过是被天用了。
难怪我当时一见你,便说
一定是父亲。你也感到了,
我知道!但天性中的感应

终为命运所蒙蔽。是命运，
命运扔我上了父亲的矛。
往事莫再提了！我已寻到
父亲，让我知道已寻到罢！
来，坐在我身边的沙上，捧
我的头在双手中，吻我双颊，
继之以泪，并呼，我的孩儿！
快呀，快！因我生命的更漏
就要尽了。我来此如电光，
似飘风我去此屯军阵地——
突兀，飘疾，如过往的风飙。
但这是上天早注定了的。"

他说了。这番话使鲁斯通
心放下了，泪如泉涌，张臂
抱起儿子的颈，放声大哭，
连着吻他。两军瞠目结舌：
见鲁斯通如此伤心。那马，
骆克希，头低到地上，鬃毛
拂土，走近了，无声的同忧，
先向这个再向那个偏过

他的头去,如问二人的泪
何意。接着从深暗的眼中
他也落下来大粒的热泪,
落在沙上,和沙土凝了块。
但鲁斯通埋怨他,开言道,
"骒克希,如今你便伤心了。
但是,骒克希啊,你的四蹄
应该早就在骨节间烂了,
倒免得驮了主人上战场!"

 但索赫拉看着那马开言,
"这,就是骒克希?以前多次
母亲提到过你,你这良马,
我烈父所乘的烈骑!她说,
一朝我会寻到他与你的。
来,让我拿手抚你的鬃毛!
骒克希啊,你尚侥幸过我:
你到过我无缘去的地方,
嗅过我父亲乡内的风息。
你踏过绥司坦地方的沙,
 见过赫尔蒙那河,与济拉

那河,还有那老年的查尔
也抚过你的长颈,喂过食料
(那是酒浸之谷放在金槽),
他说:'骏克希啊,你小心的
背着鲁斯通!'但我永不能
见我祖父那皱纹的面庞,
他在绥司坦修盖的高屋,
或饮赫尔蒙的清流止渴——
我只同父亲的敌人住过,
只见过亚发西雅的城池,
撒玛康,保嘉腊,荒原中的
吉伐,突克蒙人住的黑帐,
只饮过漠中的河,模加卜,
题真,哥喜克,与加尔木人
放羊的地落,北方之锡儿,
与这条奥稣河,水澄黄的
奥稣河,我命告终的地方。"

　　重哼了一声,鲁斯通悲道,
"哎,它的水淹死我就好了!
哎,它的波涛,挟卷了泥沙,

从我头上滚过去就好了!"

但儿子庄重而温和的说,
"莫作此想,父亲!你要活着。
因有人生定了要立大功:
正如有人要无名的死去。
我年轻所不曾立完的功
你立。作一个鲁斯通第二。
你是父亲,功劳便是我的。
但有一事:你看这一军人,
跟随我的,求你不要杀罢!
允我此请:他们犯了何罪?
不过跟随我,助我,爱戴我。
让他们平安的度过奥稣。
我却要你携回,不给他们。
携回我的尸体到绥司坦,
安放在床上,为我放悲声,
你,白发的查尔,一班朋友。
你要埋我在那佳域之中,
在上头抟撮起一座坟茔,

并立一根四方皆见之柱:
好让荒野中过往的骑者
在远方就看见我的坟,道:
这是索赫拉,鲁斯通之子,
被父亲无意中戕害了的!
这样我好传名声到死后。"

　声调凄楚的,鲁斯通回答,
"莫愁! 索赫拉,我儿,你如何
说的,便如何。我要烧去营。
离开大军,搬去你的尸骨,
将你的遗体搬回绥司坦,
安放在床上,为你放悲声,
我,白发的查尔,一班朋友。
要为你抟撮起一座坟茔,
并立一根四方皆见之柱:
好让你的名不随身湮灭。
我不伤害你的人。放了去。
放他们平安的度过奥稣。
我为什么还要伤害人呢?

我真愿以前杀死了的人
能再生过来：最大的仇敌，
生前被称为盖世英雄的：
他们死，才扬起我的威名——
我真愿是一个平庸的人，
一个无名小卒，地位卑贱，
好让你活着，我的儿呀，儿！
不然就让我，就让我自身，
伤卧在这片血涂的沙上，
将死了，是你无意中害的，
不是我害了你！让我，非你，
死在疆场，被搬回绥司坦。
让查尔悲哭的是我，非你。
让他说：儿啊，我不太悲了，
因我知你是自家情愿的！
但，血与战争耗去我青年，
血与战争又耗去我年老：
我这血的生活永绵延了。"
这时索赫拉已濒死了，说，

"真是血的一生,可怖之人!
但你将得和平,虽非今日。
尚未!你将在那一天得到,
那天你水行于高桅的船,
同恺考斯卢的其他将帅,
是度着咸绿的海水归家
刚把你的主子埋下了地。"

鲁斯通凝视着他,回言道,
"要快,我的儿,海水也要深!
既注定了如此,我就等罢。"

他说了。索赫拉温然视着。
自腰间拔出矛,他将创处
剧烈的疼痛轻减了,但血
从无遮的创口涌出,生命
也随着流尽了——白的腰间
只见赤血浸淫,模糊污渍,
如白地丁花的污渍瓣子,
新摘下的,被弃在堤坝上,
摘它的儿童被保姆呼进,

躲避烈日。他的头垂下了,
四肢松懈,不稍移动,苍白——
苍白,眼睛闭着,只在剧喘。
剧烈的吁喘颤动过身体,
抽挛过生气来时,他睁开,
孱弱的注视在父亲脸上。
终于力尽了,从肢体当中
魂魄非所愿的鼓翼飞出,
怅念它离去的温暖居巢,
与青年,茂盛,愉悦的人世。

如此,索赫拉死在赤沙上。
鲁斯通扯下来骑士之袍,
遮盖起了面庞,坐在沙上。
有如那些黑石柱,曾矗立
在波锡普里司的占施的,
但如今殿塌了,靠着断阶,
在山坡上,它们庞然卧着——
同样,鲁斯通坐在死儿旁。

悲壮的荒野上夜降临了,

蒙起了两军，与这双父子，
与一切。冷雾跟随了黑夜
自奥稣中爬出。嘈杂之声，
如盛会终时的，以及火光，
开始见闻于雾中：因现在
两军都回了营盘，吃晚饭——
波斯人在向南的敞沙上
吃饭，鞑靼人依傍着河边。
只剩下了鲁斯通同儿子。

但庄严的河水滔滔流去，
出此隰原的雾气与嘈杂，
入浓霜似的星光中，从此，
跳跃的，过科刺斯明荒野，
在悄然的孤月下——他前流
直向极星之野，过奥庚吉，
高涨，光明，宽大。沙砾开始
阻梗他的畅流，缩小河道。
支成许多小水，以致奥稣，
被剥削分拆的，多少里中

挣扎过沙洲,密芦的岛屿——
那奥稣,忘了他在帕米尔
高处有过的光亮之速度,
成了迂滞者的——直到终了,
久盼的涛声听见了,豁然
看见光明一片的水之宫,
安闲的,自水中新浴的星
升上天空,照着亚拉尔海。

迈克

——华兹华斯

你若离了大道,行入山径,
沿绿顶峰的怒溪上登,
你将看见此径直达峰顶
不稍曲折,青山正对面前,
似除看它之外别无景物。
莫愁!当你走到了溪头时,
你会看见群山豁然开朗,
有一谷呈露眼前,在谷中
看不见任何野人家,但你
将在绿草之间看到一些
雪白的羊,四周突立崖石,
以及三数苍鹰舞在高天。
这地方诚然是人迹罕到
一片无奇可称述的荒郊,
就是我也不会提起此谷,
如非为了一物,你会面经。
会视而不见。那便是溪侧,
在活泼的流水旁,绿草中

杂乱堆砌着的一些山石!
这些石头虽寻常,但它们
含着一个故事——并无奇迹,
不过值得谈说在炉火边,
或在夏天凉荫之下。它是
将我所已亲爱的谷居人,
牧者,他们的悲欢与离合
从叹息的口中传到口中
家常故事内最初的——我爱
这些牧人,便是因为他们
生于,食于山光野色之内。
这故事因此在我的童年,
不埋头在故纸堆,但感到
自然的洪力于山巅水涯
花香鸟语中之时,引导我
去感受外来的热情,思维
(零碎与简陋诚然是不免)
思维人,他的心,以及人生。
因此,它虽说是一个故事
平庸并不典雅,我仍要谈

与少数心地淳朴的人听——
我还有一妄想存在胸中,
就是望它能诱引来林壑
一些赤子心的少年诗人。

  草湖谷靠森林的坂地上
住着一个名迈克的牧人:
他老了,但魄壮,身体坚固。
他的四肢自童岁到老年
一直顽健非凡,他又干练,
诚挚,节俭,无事他不精明,
畜牧这行业中他更敏捷
细心过一班寻常的弟兄。
因此他知各种风的意义,
凭据了风声的异同:有时,
别人不曾留神,他便听到
南风作沉闷的呼吼,有如
高域的远山上奏着囊笛,
或桥上滚过隆隆的牛车。
他听到这种风声的时候,

便想起他的羊，自语自言，
"这是我的对头风神到了！"
来临了的暴风驱逐游人，
去寻遮蔽，但反将他引出
到山岭上：他曾屡次逗留
在随风而降的浓雾之内，
雾散时他仍然独立高峰。
他便是如此行年到八十。
但我们不要以为他牧羊
便不知欣赏碧草的山谷，
崖石峥嵘，与活泼的溪流
那些田野，容他自由吐息
开朗的田野，那些山，他常
矫捷攀登过的，攀登时候
便回想到以往他在山间
所尝过的苦，欢愉，或恐惧，
练得他精明与勇敢的山——
它们有如一书，载着往事：
载着何时他援救出一羊，
那些受过他的饲养，遮盖，

以及因它们得到的盈余,
正分的盈余——因此山与野
见时便勾引起他的欢欣。
盲爱(他自己都不明何故),
与生活中所尝到的一般。

  他并不是鳏夫,他的内助
相貌很端正的,已入老年——
虽然比迈克还小二十岁。
她一世中两手不曾稍停,
心中永是想着家务:她有
老式纺车一对,大的纺毛,
小的纺麻。若是小的停了,
便是因为大的鸣着车轮。
这一对老夫妻别无骨肉,
只生了一子。他出世时光,
迈克已觉自家上了年纪,
无抱儿之望了——说句土话,
他一足已踏入了坟墓中。
此外还有二犬,屡经风雨,

将他的羊守得一无损伤。
家中更没旁人。同谷之内
无人不称美他俩的勤劳,
勤劳不息。太阳下山时候,
父亲带儿子驱逐着羊群
归来时候,这家人都工作
不稍止息——除非父子母亲
同在喷香的饭桌旁坐下,
每人面前放着鲜奶、菜汤,
桌子正中堆积一篮麦饼,
同尝着家制干酪的时光。
饭后,留哥(儿子名字如此)
与他的老父在炉火旁边
仍然寻找出相当的事作,
不让双手停息:或篦羊毛,
备主妇忙碌的纺锤之用,
或收拾受损的谷耡、镰刀,
与其他屋外家中的用具。

自天花板下悬,靠着烟囱——

烟囱是旧式的乡间建筑，
伸突出大而乌黑的一隅
在房顶——旁边是油灯一盏，
主妇在阳光匿影的时辰
悬上的，这盏灯用了很久，
寿长似它的一切弟兄们。
才入黄昏时它便已燃着，
光明直照他们到深夜中。
如此过了不知数的时日，
照见他们既无热闹笑谈，
也不活泼，但有希望，目的——
勤劳不息，度他们的一生。
现在，留哥已经年交十九，
他们便同坐在这盏灯旁，
父子二人。主妇在这深夜
则静坐在车侧摇轮纺纱：
车声的唧唧充满了全屋，
如同虫子在夏夜内嗡鸣。
这点灯光邻近无人不晓，
见它时候，村人点首低声，

便谈这对老夫妻的勤俭——
说来凑巧,他们这所住房
独立在一墩上,远瞰南北,
高见乐谷,上为冬每尔墩,
西望有一村庄位于湖畔——
因这盏灯按时放射光明
不曾误过,又为远近共见,
同谷的人便将这所房屋,
无老无少,同声唤作长庚。

　　这样同度过了许多年岁。
牧人是如何爱他的老妻
自然不用说了。但他更爱
这在古稀年获得的孩儿——
固然天性所钟,如牛舐犊,
无有父母不爱他们所生,
但还有更大的原因,便是,
一人在行将就木的时光,
本无可望了,忽然得一子,
他胸中自然起一种不安,

甜美的不安,与指望,希冀。
深浓之爱溢出他的胸中,
盖满了婴儿身上。老迈克
当他尚是襁褓中的婴孩
便慈母般抚育他,并不是
为了好玩,如平常的父亲
那样,玩了一时便腻烦了,
他是作为正务的推摇篮,
耐性并慈和,与母亲一样。

　　过了些时,婴儿渐渐长成,
迈克便爱呼唤——虽然唤声
里面充满了为父的庄重——
儿子在他面前坐着,那时
他是耕作在田亩中,或者
坐在凳上,面前捆住一羊,
在老橡树之浓荫中剪毛——
这棵橡树在大门口孤立,
广而深的凉荫遮住骄阳,
让他安闲的剪毛——因此故

它便叫剪毛树,至今仍然。
他带儿子坐在凉荫之下,
恳挚,高兴,旁边坐些雇工。
他常时目中充满了温谴
或微呵——因为他爱极求全——
当他的儿子把羊群搅扰,
拉扯羊的腿,或放声大呼
惊吓了就剪之羊的时候。

 蒙上天的福佑,由一婴孩
留哥入了童年,在面庞上
悬着年六岁的两朵蔷薇——
迈克便亲自到林木之内,
削出一根木杖,箍上铁圈,
作成一条完美的牧羊杖,
交给他的儿子拿在手边
去看羊,可以拐弯,或拦阻,
在羊到了门或漏罅之时。
这小的年纪便来作此事,
这童子自然是可想而知:

说有用呢他却妨手碍脚，
说无用呢他又明在赶羊——
因此故，得他父亲夸奖的
那种机会实在不能算多，
虽然各种方法他都用到，
温语，瞪视，抬杖，唬吓羊群。

留哥年交十一岁的时候，
能当得住山风，上下岩峦，
不怕劳苦与崎岖的山径，
每天陪着他的父亲奔忙
如伴侣的时候，那还用说，
牧人以前爱的景物，如今
他更加亲爱。自童子身上
他得到了新的振奋，感情——
如太阳的光，如风的音乐，
令老人自觉是已经再生。

这样的他看着儿子长大，
成人，到了年交十九之时，

便将他作为指望的归宿。

    这纯朴的人家天天这般过着时,忽来不幸的消息到老人耳中。因很久以前迈克曾经替人作过担保,那是他的侄儿,平素为人是勤俭的,手头亦甚富有,但出人意料的横祸飞来,倾荡了他的家产。老迈克如今是逃不了要赔保金,很大的一笔钱,因它需要他财产的一半。这个奇灾他一听到时,如浇了冷水,希望全灭:本来已入老年,谁还想得到要飞来横祸?他的心魂安定过来了时,思来想去,觉得要偿此款,非卖去一部分祖产不行。另外他又想到一种方法,

但这种方法在他的胸中
勾起了痛苦。"意沙白",他说——
这是噩耗传来的第二天
晚上——"我尝了七十年的苦,
幸得上天怜佑我们一家,
让我们享受了许多的福。
这祖传的田若卖给别人,
我在坟里一定不能闭眼。
我们很吃过苦,就是太阳
也比不上我们这样勤快——
但我终于愚蠢,害了一家
来受罪。那人如若是欺骗,
害得我们如此,那就神明
一定容不了他。若是真的,
那就不能错怪。但是世间
富人正多,他们遇此损失
将毫不觉得——上帝呀,为何
独让我,勤苦一生的贫汉,
临老时受这罪——我不怪他——
话说岔了,不如赶紧停住。

我的原意,在初开口之时,
是谈补救之方,以及希望。
意沙白,我们要留住祖田,
不可让它落入旁人的手。
我们必须暂与留哥分离,
但他要回来承继这田产,
不向任何人低头,与那风,
吹过田上的风,一般自在。
你知道的,除开这个本家,
我们还有一个——他能帮助
我们逃出此患难。他经商
极其获利——留哥要去那里,
借了他的帮助,以及自家
勤劳不倦,将此次的损失
迅速的恢复过来。到那时
他便可再回乡里。呆守着
在乡中,他能作什么事呢?
这里大家都穷,他有什么
可以获到?"

   说到此他暂停。

意沙白一声不响,她心内
正在思忖着过去的事情。
不是有理查贝特门,她想,
不过一个孤儿——在教堂前
大家替他凑份子,有银的,
也有铜的,这些邻舍替他
拿这些钱买了一只篮子,
里面装上杂货,给他出门——
他便真的提了这篮上路
到伦敦,遇到了一个主人,
看中了他,在许多店伙内
独令他去海外的分店中
主管事情,他从那里满载
回了故乡,挥金拯济贫穷,
建设义田,又在他的生地
造起一座教堂,伟大庄严,
用海外运来的白石铺地。
这件,还有许多别的事情,
都同时拥到了她的心上,
令她面发光辉。迈克欣然

复开言道,"很好!这条计划
我已在胸中盘算了两天。
我们所能得的将偿所失。
我们很够的——我希望自家
能少年些——但此办法很稳。
留哥的衣服要拾掇齐全,
不够时买些,最好明天里
就打发他上路——今天夜间,
他若是能动身,最好今夜。"

　说到此,便停下了。他心头
无忧的仍去耕作。意沙白
日夜不停的整忙了五天:
她施展出她最好的针黹,
替儿子预备起衣服出门。
但礼拜天到时,她很欢喜:
因这两夜,她在迈克身旁,
听到他梦中睡的不安稳,
等到次晨他起来的时光,
她看出他的希望消失了。

这天中午，只剩留哥同她
在家时，她说道："你不能去：
我们夫妻只生了你一人，
如若你丢落了，更无别个——
你不能去，因为你的爹爹
不看见你，一定不能多活。"
留哥笑说是母亲太多心。
她因为已将恐惧倾吐出，
也便放下心了。这天晚间，
她作出来一餐最好的饭，
与父子二人欢乐的同尝。

  天才发白她便起来工作。
这礼拜中喜气充溢全房，
与春日的树林一般。不久，
他们渴望之信已经寄来，
信中说他情愿尽了全力
替他们的儿子留哥帮忙，
并催他们立时就把儿子
打发上路。他们四次三番

将这信读了还读。意沙白
并拿了这信传示与邻居。
留哥这时更是骄傲之至，
不啻作了王子。她自邻家
拿着信回来了之时，迈克
向她说："留哥要明天动身。"
她听到了之后，说是如此
匆忙的上路，有好些事情
留哥一定会忘记的。终了，
还是她允了他早日登程，
迈克才把担忧的心放下。

　靠近绿顶峰的溪水旁边，
在那深谷之中，迈克本想
造一个羊栏。在他尚不曾
得到那惊心的消息时候，
他从四处搬来许多石头，
预备作这栏。它们在溪侧
杂乱的堆着，专待他动工。
他带了留哥在这天晚上

去那里，他站在石堆之前
严肃迟缓的向留哥说道，
"我的儿，你明天就要登程，
我是满腔希望的瞧着你：
因为你同小时还是一般，
未下地时已成我的希望，
生后更天天给我以欢欣。
我要把我们二人的往事
说一些你听：它们能慰安
你于独处异乡之时——里面
有你所无从知悉的事情；
你下世之后安眠了两日
（这是婴孩常有的事，无奇）
后来上天保佑，你开了眼。
一天过去一天，我的浓情
随了时光只是有增无减。
当我初次在家中火炉旁
听到你不成腔的伊哑着，
或是你欢乐得在吸奶时
歌唱起来，我心中的快活

真是形容不出。日月如流,
我牧羊于岭上,或在平野
耕我们祖传的田地,不然,
你一定会从我膝头长大。
我们是游戏的伴侣,留哥:
老朋小友,你应当还记得,
曾经尽性的玩耍此山中,
凡是孩童所能玩的游戏,
我无不曾陪你玩个尽情。"
留哥已经不小了,但闻到
这一番话,不觉悲泣起来。
老人紧握起他的手,说道,
"不要如此伤心——这些事情
原来不用提起:我知道了。
我对你总能算慈和尽心,
总能算一个好父亲——这个
我也只不过偿还我当初
自我父亲手中得的恩惠:
我虽已年高了,但尚了然
记得童年时爱我的父母。

他们如今同在地下长眠:
他们当初继自家的父母
居住在此屋中,早起夜眠,
在期限到了时,放下耕织,
欣然把骨殖交付与祖坟。
我当时也望你如此过世:
但是,我儿,六十年虽很长,
我回顾时总觉成事很多。
这些田归我时债务未清,
直到年纪四十,我还只有
如今产业中间一半的田。
我苦了还苦,蒙上天保佑,
这些田在此消息来到前
都是我的。它们看来好像
不容另换主人。所以留哥,
我才让你出门——这条主意
如若害了你,那我就求天
宽恕,因我觉得唯此一法
可以救回祖田。"
    说到此时,

老人停下。他指身旁之石
转身向留哥舒缓的开言,
"这原是要我们两人作的,
如今,我儿,作它的余一人,
但是,你可以先铺一块石——
哪,你亲手铺下这块,留哥。
不要伤心,孩子——我们两个
或有同见好日子的一天,
今年八十五了,我仍如昔,
体气毫未衰弱——你尽你心,
我尽我的——我将开始操作
那些已交与了你的事情:
远上峰头,在暴风雨之内
我将单身的去,如同以前
我还不曾看见你的时候
单身的去牧羊一样。留哥,
天保佑你!我知道这半月
有许多希望跳在你胸中——
这应当如此——是——是——我知道
非如此你不愿同我离开:

因为联合起我们的是爱：
你一离开了的时候，我们
还有什么！——但是我将正事
忘记了。你把础石铺上来，
如我所要求的。留哥，此后
你同我们离开了，如恶人
作了你的朋友，你可以想
我，我们同立这里的此时——
你可以朝这里想，那时候
天会指引你的。惊恐之中，
或诱惑之中，留哥，我盼你
记着你祖先所度的一生：
他们无瑕的降世，一生内
无时不行着善。再会，我儿，
再会！你回家时将在此处
看见杳冥中的一段工程：
它将作我们之间的保障。
无论有何命运临你的头，
我总是始终如一的爱你，
直到我埋入黄土的辰光。"

牧人停了。留哥弯下身去，
遵照父亲的吩咐，把羊栏
第一块石头铺上。瞧到此，
老人不由的伤起心来，他
抱起儿子，亲脸并流眼泪。
接着他们一同回了家中——
夜还不曾来的时候，全屋
充满了平安，表面的平安——
——黎明，留哥便动身上路，
面容上装着高兴的神情。
他走过每家邻舍的时候，
他们都祝他顺遂与平安，
直到他不见了，才进门去。

他们的本家来信说留哥
许多好话，他自己也有信，
极甜蜜的，信中满是异闻。
母亲拿着它们向人夸说，
"有谁写过这般好的信呀！"
迈克读时自然更是欢喜。

如此过了许多个月。牧人
又重理他的旧业，锄地，
登山，满兴头的，毫无倦容。
有时，他得到了闲暇，便去
谷中修造那座石的羊栏。
但是留哥的信日稀一日。
他已经在那堕落的城中
染上了恶习。他荒弃职务，
隳身丧名，最后为势所驱，
去了海洋之外逃避刑罚。

爱情的力量能予人慰安，
能令人忍受拂逆的环境，
不至急成疯癫，不至断肠：
我遇过多人，他们都记得
迈克，记得他闻噩耗之时
是如何，多年后又是怎样
他的身体是从小到老年
一直强健。他仍然上山岭
如少年时，仍然仰望日，云，

听风声的变化,一如往昔
牧他的羊,或在原上耕田,
自祖先传下的些许田地。
他常时去那虚旷的谷中
盖那羊栏,预备给它们用——
这是许多年前了,但至今
大家还记得,那时谷居者
对他是多么怜惜,相信他
去羊栏不知去了多少遍,
但不曾抬起过一块石头。

  人家常看见他独坐栏侧,
有时带着那条狗在足尖,
那条忠诚的狗,草中躺着:
它如今也老了。整整七年,
老人常来栏旁继续工作,
但他死的时候尚未完工。
三年过去后牧人的老伴
也归阴了——这时,他们的田
通通出卖给了一个生人。

那茅舍,谷人叫作长庚的,
已经不见了——长齿的铁犁
划过它当初所立之地点。
附近的邻舍中也多变更——
但那棵老橡树依然矗立
在他们的门首,那个羊栏,
一堆杂乱的石头,仍可见
于绿顶峰流下的怒溪旁。

老舟子行

辜律勒己

第一章

那是一个老年舟子,
　　三人中拦住一人。
"目光炯炯的这老汉,
你拦我为甚缘因?

新郎家前大门洞启,
　　我最亲被召婚筵。
宾客到齐,排了酒席——
　　听那边笑语喧阗。"

他用如柴手掌抓住:
　　"我当初在一舟中——"
"站开!放手,羊须老汉!"
他闻言立刻手松。

但他双眼有如磁铁,
　　令喜宾不得不留

在路旁，靠石头坐下，
　　听老人数说根由。

"船拔锚碇离开泊岸，
　　行驶过庄严教堂，
旋出罗盘似的山影，
　　越灯塔，到水中央。

日头在水左方升上，
　　过苍苍似是孤帆。
他待长庚出来时候
　　向右方掷下金丸。

一天过去高似一天，
　　直到交午桅杆上——"
喜宾急得双手捶胸，
　　因他闻笛声嘹亮：

新妇已经步到堂上，
　　脸绯红好像蔷薇。

在她前面,鼓腮点首,
　　乐师将箫管高吹。

喜宾急得捶胸搓掌,
　　但他仍不得不留
在路旁,靠石头坐下,
　　听老人续述根由。

"忽然暴风卷起洋面,
　　万里中但见洪波,
我们的船向南刮去,
　　舟中人徒唤奈何。

樯倾斜着,首没水中,
　　如巨人低头追敌:
我们的船,破浪乘风,
　　向南奔一时不息。

我们驶入雾同白雪,
　　地峭寒不可留停,

桅竿高的冰山漂过，
　　翡翠般碧绿晶莹。

浮冰之外尚多雪岭，
　　射过来惨淡光辉，
不见人影，亦无兽迹，
　　只坚冰环绕周围。

航过一程还是冰岛，
　　更航行晶岭当前：
它们毕剥，喧豗，澎湃，
　　如晕时声震耳边。

有一海鸭穿过浓雾，
　　它向船冉冉飞来。
我们见它似逢故友，
　　拍手呼，乐满胸怀。

我们取食充它饥腹，
　　它在空反复翱翔。

冰山忽爆，舵工取道
　　载我们逃出中央！

起了南风，吹舟北上，
　　后方那海鸭紧跟。
每天取食，或是玩耍。
　　它闻呼即便来临。

雾里，云中，樯头，帆上，
　　它总共停了九天。
这九天内，穿过浓雾，
　　有月光亮在夜间。"

"你的双目何以发光，
　　如魔鬼附身，舟子？
天保佑你！""是我弯弓
　　一箭将海鸭射死！"

第二章

日头自水右方升上，

隔雾瞧好像银丸，
它落寞的奔驰一日，
在左方落下波澜。

南风依旧吹舟北上，
但后方无鸟紧跟，
每天取食，或是玩耍，
闻吆喝即便来临——

事情是我一人作错，
祸来将连累人家。
他们责我不该杀鸟，
因风生全是为它。

那知次日太阳灿烂，
无纤云点染苍穹——
他们说，这凶鸟该杀，
是为它雾气漫空。

浪花纷飞，拂拂风吹，

舟迹随有如燕尾:
以往无人,唯有我们
　　第一次航行此水。

圆的布篷忽然瘪下,
　　风飒已迹灭形销,
悄然不闻波吻船首,
　　或狂澜奔突呼嚣。

赤铜色的亢暑天上,
　　血样红一轮太阳,
它大小与圆月相仿,
　　交午时正对帆樯。

一天接着一天过去,
　　无风来作浪推舟:
它像一条画的船舶
　　停在画的海上头。

这边是水,那边是水,

但船板干得裂开。
这边是水,那边是水,
　无饮水滋润心怀。

连海都霉烂了,基督!
　这真是骇人听闻——
你瞧,在那污湿水面
　污湿的虫豸爬行。

时前时后,时左时右,
　是死火狂舞夜间——
青的洋水变红转白,
　如妖巫锅内油煎。

有人梦内得到兆示,
　知是一神道相磨,
他自南极雪霜之地
　随了来,潜伏洪波。

许久不曾滴水沾口,

舌根直干到尖头,
我们渴的不能说话,
 如丸泥封起咽喉。

咳!他们内无分老少,
 见我都努目攒眉,
他们解去银十字架,
 拿鸟在我颈悬垂。

第三章

双目死鱼一样瞪视,
 双唇已龟裂焦黄。
我无意中四周游目,
 见一物来自西方。

骤看有如小的黑点,
 再看时又似轻烟——
它向此船渐渐行近,
 自茫茫天的那边。

既肖轻烟,又如黑点,
　　它愈行愈近我们。
它蝴蝶般刻左刻右,
　　如躲避海底妖精。

咽喉干涸,嘴唇焦黑,
　　欲笑啼气皆不通!
我咬臂膀,吞下鲜血,
　　才叫出,船篷,船篷!

咽喉干涸,嘴唇焦黑,
　　张着口听我高呼,
他们乐得尽是咧嘴,
　　齐吸气如饮醍醐。

看!我呼道,看它径进
　　来此将我们救援——
不对!没有风与潮汐,
　　它怎的行过波澜?

西方波浪有如血涌,
　　擎托着大的太阳,
那条船舶忽然航进
　　我们与日的中央。

太阳形状立刻改变,
　　(天哪,那多么骇人!)
它像拿了炽热之面
　　紧贴在牢狱栅门。

我的心在胸口乱跳,
　　因它来疾速如飞。
那可是它帆上之布,
　　似游丝吹去吹回?

那些可是船的腰骨,
　　如铁栏遮住太阳?
船上只有那个妖妇?
　　伴她的可是死亡?

头发土黄，唇如血染，
　　皮肤白似癣遮身：
死之生是她的名字，
　　人听到便打寒噤。

那船到了我们身侧，
　　两人正掷骰呼卢。
"赌赛完毕，我已胜利！"
　　她说时撮口三呼。

日落，众星同时跳出，
　　转眼间黑暗弥空。
有如羽箭激气作响，
　　那鬼舟射出望中。

灯光照见舵工苍白，
　　露水时滴下布帆，
一钩黄月自东钻出，
　　将孤星钳在下端。

在月亮的昏黄光下,
　　他们受剧痛扭身,
不曾来及呻吟,叹息,
　　但恚恨充溢眼睛。

他们默然将我诅咒——
　　接连着尸倒船头。
只听船板碰的连响,
　　二百人无一存留。

他们魂魄离开尸首——
　　阻重洋能返家园?——
离时魂魄肃肃作响,
　　如我的羽箭辞弦!

第四章

"我怕你呀,老年舟子,
　　我怕你手似枯柴——
你的伙伴皆已死尽,
　　你怎能活着归来?

我怕你那异光双眼,
　　我怕你瘦手盘筋——"
"不要怕呀,我未倒下,
　　你身边这是生人。

孤零零的,无人作伴,
　　孤零的在海中间,
任我若何呼天抢地,
　　神祇中无一垂怜。

这多的人,如此佳好,
　　他们皆一一身亡,
偏留下些污湿虫豸
　　活着,我亦未遭戕。

我瞧见那烂的大海,
　　不由的双目避开,
我转身视烂的船板,
　　尸首又杂乱堆排。

仰对青天我想祈祷:
　　但不待祈语出声,
即有魔语侵入双耳,
　　冰结了我的热诚。

我将双目紧紧封闭,
　　脉搏般跳荡眼珠,
水色天光压在脸上,
　　令心神窘迫不舒。

既无腥气,也不霉烂,
　　虽冷汗布满四肢,
他们眼内充满诅咒
　　望着我一似生时。

孤儿可以咒死神道,
　　更恶是死人眼睛。
它们望我七天七夜,
　　我想死却又不能!

我见明月自东升上，
　　空中行没有停留，
后边随着两三星宿，
　　羡妒心猛刺胸头。

她的凉光有如霜雪，
　　轻洒遍一片波澜，
但在船的巨阴之内，
　　水炽着深绛浓丹。

水蛇游泳船阴之外，
　　经过处划着银痕。
它们有时掉尾而逝，
　　如月光射上水晶。

水蛇游入船阴之内：
　　蔚蓝时色拟穹苍，
黑如深夜，绿似磷火，
　　经过处火赤，金黄。

热爱自我内心流出,
　　我双手合十胸前——
受天福呀,无忧之物!——
　　我这般默祷上天。

上天对我亦加怜宥:
　　因野鸭自我当胸,
并未待人伸手去摘,
　　自己便沉入海中。

第五章

睡眠真是天之厚赐,
　　它可以起死回生——
它带来了甜的疲倦,
　　关闭起我的双睛。

梦中我见船上水桶
　　有甘露充满中间:
我醒转时知在下雨,
　　精神上顿觉新鲜。

双唇润滑如饮仙露，
　　心胸上爽适清凉。
衣裳受雨将身紧贴，
　　如炎夏凫戏池塘。

我行动时如踏云雾，
　　四肢与落叶同轻：
好似梦中已经死去，
　　如今是一个游魂。

风飙忽在上天吼怒——
　　并不曾吹到此舟，
薄如纸的萎黄帆布
　　已作声似鬼啾啾。

海水澄平一如明镜——
　　但云间闪电奔忙，
当中杂着星辰惨白，
　　跳跃如萤火飞扬。

风飙愈近呼吼愈响，
　　布帆作飒索芦声。
乌云之内倾下大雨，
　　月亮便衔着乌云。

有如崖间冲下瀑布，
　　闪电光直落天空——
照见乌云团团密布，
　　后方似达到无穷。

狂风并未吹到船上——
　　它自己航过洪流！
月亮紫电照见尸体
　　一声哼齐立船头。

他们默然未交一语，
　　木着眼不稍转移——
不说我是亲眼看见，
　　即梦中都要惊奇。

舵工把住船舶前进。
　　并无风鼓起高帆。
舟子大家操纵缆索，
　　熟练与平日一般。

我侄儿的尸首与我
　　膝盖同膝盖相挨，
两人共挽一条绳索——
　　但他口未曾少开。"

"我怕你呀，老年舟子！"
　　"莫怕呀，赴宴嘉宾：
并非怨鬼进了躯壳，
　　是仙人借尸显灵。

天曙时候他们歇手，
　　走向前抓住高檣，
他们口内吐出仙乐，
　　一声声宛转悠扬。

时前时后，时左时右——
　　刹那间飞上青天——
又舒缓的降下洋面。
　　或同奏，或歌一仙。

有如云雀高歌天上，
　　歌声落，随了陨星。
又如林内一群小鸟
　　舞春风嘈杂和鸣。

有如堂上管弦竞奏，
　　又如短笛在孤吹——
九天之内悄然谛听，
　　听乐神吟咏低回。

仙乐停了，帆声继作：
　　如初夏叶隐溪流，
午夜时向酣眠林木
　　低吟着歌调清幽。

舟安然在洋上驶过。
　　鼓高帆并没和风——
推舟的是南极神道，
　　他潜伏波浪之中。

交午时太阳在樯上
　　将我舟半路阻停——
隔不多时，忽前忽后，
　　激海水似欲重行。

有如战马喷气刨土，
　　缰松时一跃而前：
我舟激得通体震荡。
　　我晕厥身倒樯边。

我不知道晕去多久，
　　但在我清醒时光，
我闻二仙在天空上
　　将我的罪孽评章。

一神仙说,"这人就是?
　　就是他无故伤生?
海鸭于他并无妨害——
　　想必他残忍性成。

南极神道爱此海鸭。
　　惩残暴也是应该。
他既不知怜惜生物,
　　能望神恻隐为怀?"

那个说时声调和缓,
　　轻如露落下虚空:
他说,"此人已经忏悔。
　　再忏悔便能避凶。"

第六章

"有一桩事我不明白,
　　还望你告我得知——
船何故能行得那快
　　在风平水定之时?"

"洋无风飙不能作浪,
　　是月亮操着大权。
他见月亮换了标志,
　　才有风,或起波澜。

极神将事告知月亮,
　　她也说舟子残生
该受惩罚:是她命令
　　风飙息波浪不兴。

幸有天仙为他缓颊,
　　说教他痛悔前非。
神允了,推舟到赤道,
　　即要携我辈同归。

仙兄,飞上,再飞上点。
　　让我们速返南方。
舟子梦中苏醒之候,
　　船自能缓缓前航。"

我醒回了,见船前进,
　　如和风助浪推舟。
天水澄平,月光明朗——
　　但死尸复立船头。

他们聚在桅杆之下,
　　似墓中冷气森森。
他们向我瞪着鱼眼,
　　瞳子上反射月明。

它们死时发的诅咒
　　到如今尚未祛消——
它们吸住我的双目,
　　勾起我愧悔如潮。

谢天释了我的双目!
　　我原可瞻望流连,
但我无心眺入辽远,
　　因恐惧在我胸间:

有如深夜人过荒径,
　　身后似有鬼相追,
转弯时候不敢回首,
　　鼓起气行步如飞。

来了轻风拂我颜面,
　　它无声亦未兴波。
海上并无它的踪迹,
　　唯有我觉它抚摩。

异风飘漾我的额发,
　　似春飔吹过草坪——
一方我的惊骇愈甚,
　　一方又引起欢欣。

平呀,平呀,船舶驶着
　　在无风无浪之洋。
轻呀,轻呀,异风拂着,
　　掀起了我的衣裳。

前面那不就是灯塔?
　　这真是喜降自天!
那不就是青葱山色?
　　那不是教堂塔尖?

船只安然航进港口,
　　我喜极珠泪双流——
帝呀,让我心神清醒,
　　不然就死在船头。

港中海水一平如镜,
　　倒映着山色葱茏。
波间浮起一轮明月,
　　又一轮悬挂天空。

月光之内山呈淡紫,
　　有教堂立在崖阴:
空中不听一丝声息,
　　塔尖上眠了风针。

一片银色港水之上
　　忽生出点点红光——
它们不像渔舟，灯塔——
　　都漂来我的船旁。

它们是些赤色阴影，
　　向船头舒缓漂来。
一瞬眼间再望船板，
　　惊得我目瞪口呆——

死尸仍旧纵横船上，
　　但双足跨在尸身
便是刚才那些赤影。
　　他们是通体光明。

这些仙人皆在挥手，
　　散异光充满舟中。
他们像是示知岸上
　　以灯光相似之红。

这些仙人皆在挥手,
　　挥手时默无一言——
啊,这无言便如音乐
　　舒畅了我的胸间。

不久我闻桨声款乃,
　　领港唤,"谁在前方?"
我将双目挪过观看,
　　是一船来我身旁。

领港人与他的儿子
　　划着船刻不留停。
天哪,我想,这真侥幸:
　　我便要离去尸身。

还有一人,那是隐士,
　　他奉神栖宿林中。
他将涤净海鸭之血
　　自我的忏悔心胸。

第七章

他独居在海边林内。
　　晨与昏高唱颂诗。
他喜问讯远游舟子
　　在船归故国之时。

他有膝垫柔如绒制，
　　祈祷时日用三回：
那是橡树余的根节，
　　苔生满上面，周围。

小舟近时我闻言语：
　　"这桩事真正稀奇：
刚才看见红光相召，
　　走来了那知被欺！"

隐士也道："奇怪，奇怪。
　　我们唤不听回声——
船板裂了！那些帆布
　　薄如纸又显凋零：

似黄叶悬树的骨架,
　　在藤萝覆雪时光,
上头有枭怪声叫唤,
　　狼在下吞食小狼。"

"这船看来形状不妙,
　　我不敢还向前划,"
领港人说,"划上前去。"
　　隐士拿慰语相加。

小舟向我慢慢行近,
　　我无言亦未挪身。
小舟到了我的船下,
　　港水中忽发大声:

隆隆有似雷霆下降,
　　愈近时声响愈高。
触上船时一声爆裂,
　　船如铅立沉怒涛。

这声炸裂惊天动海,

震得我魂飞耳聋——
等我悠悠魂魄清醒,
　见已身在小舟中。

那条船在旋涡之内
　螺丝样沉入波澜。
波纹渐大渐渐消灭,
　剩四围回响空山。

领港人才见我开口,
　一声叫便倒船头。
隐士也将双目高举,
　唇动着向天默求。

疯了领港人的儿子。
　他见我荡桨青波,
"我知道了,哈哈!"他笑,
　"鬼也会划船渡河。"

我这已经脚登实地?
　我已经回了家乡?

隐士也从舟中上岸,
　　他软如醉汉郎当。

"救我,救我!"我求隐士。
　　他举手合十胸襟,
"你说,你说,"他开言道,
　　"你是鬼还是生人?"

我闻此语抽了一下,
　　如利刀割我心肝。
不得不将往事详叙。
　　叙毕时方觉泰然。

此后常来一阵剧痛
　　盘踞在我的心头,
必要前事重述一遍,
　　心灵内方觉自由。

从此我的谈锋健利。
　　我如夜飘过四方。
何人应听我的故事,

我一眼便知端详。

你听那边来的喧闹!
　　是堂上宾客熙雍。
新妇料必歌唱园内。
　　但我喜晚闻祷钟——

因我当时漂流大海,
　　四周围不见生人,
望中只有连天波浪,
　　船板上便是尸身!——

热闹场中非我所喜,
　　我只喜偕同信徒
在神座前忏悔罪孽,
　　让钟声净涤前污。

赴宴之宾,别了,别了!
　　但听我临别嘱言:
"爱你同类并及禽兽,
　　祈祷时神始垂怜。

能爱万物,无论小大,
　　祈祷时神耳始倾。
因为上天造成万物,
　　无大小皆他宁馨。"

目光炯炯的那舟子,
　　年寿高须已斑斑,
他去了。喜宾如有失,
　　转身行,躲避声喧。

他似临头浇了冷水,
　　兴头已无影无踪。
他从此便识透悲乐,
　　将舟子常忆心中。

圣亚尼节之夕

———— 济慈

圣亚尼节之夕——天气真冷！
　　兔儿抖着瘸过冻草的坡，
重裘的夜枭披暖裘猴颈，
　　栏里群羊无声只见哆嗦。
　　念佛人将麻的手指频呵，
数着珠串，呵气凝成白雾。
　　好像铜炉内的香烟袅娜，
它朝天上飞升，不稍停驻，
过了神像，圣处女像悬挂之处。

这清癯的僧侣祈祷许久，
　　便抬起双膝来手执孤灯，
赤着双足，向了道房行走。
　　他在屋廊之上缓步前行，
　　见两旁的雕像如已结冰
在龛座的玄色围栏之内。
　　各祈室中默祷骑士佳人，
他也经过了，但无暇寻味

那冰冷的冠胄怎能覆发披背。

他行出北开的小小门户,
　不到三步,便闻音乐悠扬。
乐声勾起他的喜泪如注——
　不,此世的欢乐他已遍尝,
　他的寿命如今将近灭亡,
些许余年只好用来忏悔。
　转身另走一路,他便到房。
他盘双膝坐在灰堆之内,
为众生与自身祈求净孽消罪。

这年高的僧侣初闻引调,
　因有人常来往门皆洞开。
接着是银声的画角喧闹,
　回声在房屋内激荡徘徊。
　室中高烧蜡烛等待宾来,
等待宾来在此倾觞作乐。
　天使像在楣头有似童骏
惊得张开大口不能关阖,

双翼叠在胸前不欲再回碧落。

辉煌的盛会不久便开始。
 堂中但见华服毛羽高冠:
如幻影在目前川流不止,
 当传奇故事充满了心端,
 在少年时。他们尽管为欢,
我们不必理它。单提此内
 一个女郎;她虽与众盘桓,
心中却在想着爱情,因为
她闻今夕情人可在梦中相会。

她的乳媪曾经谈过多遍:
 圣亚尼节之夕,一个女郎
能在午夜时辰梦中遇见
 相好,同把爱的甜蜜品尝——
 但她须对此中仪节当行:
她须挨着饥饿回到房里,
 将如玉的身躯仰卧空床,
不可向旁窥视,或侧身体,

须把祈求天从人愿之目抬起。

玛多兰的心中更无他想,
　　乐声虽似呻着年少天神,
皆未入她耳。唯裙裾来往,
　　才映入了她低垂的双睛,
　　但她并不理会。年少群英
踮脚行来,见她毫不为动,
　　又回去了:非她藐视众人,
只是心在别处,眼光空洞——
听哪,长叹一声,她正想着佳梦!

她漠不关心的舞在堂上,
　　呼吸促双唇企望的张开。
时辰快到了。她心如鹿撞,
　　不去听鼗鼓,或与人相偕
　　低声的在屋隅笑语哈哈。
他们礼貌后的恋情、愤慨、
　　怨恨,与轻蔑,她皆不介怀。
她只想在今宵梦之境界

与坡费罗相会,她的唯一心爱。
她淹留在堂上,因是贵主,
　　须款众宾。此时驰过隰原,
少年的坡费罗已然目睹
　　她的居堡。将马系上铜环,
　　他避墙阴之内。四次三番
祈求神圣许他一见心爱——
　　只须一见佳妙的玛多兰,
在无人时瞧她一个痛快。
　　或许交谈,屈膝,亲吻——也无足怪。

他侧身进来了。不要声响,
　　也不要让人见他在堡中:
因为见了时他们会驰往,
　　将电光的利剑插进他胸。
　　此内并无庇护他的友朋,
只是一群狗党向他狂吠,
　　因他不是同类:家境既穷,
他又不是贵人——全堡之内
仅有她的老乳母以笑颜相对。

真巧!拿着象牙头的拐杖,
　　这蹒跚的乳母自此穿行。
因有大柱将他整个遮障,
　　火炬之焰不能照上他身,
　　又远离喧笑:她猛吃一惊,
在他出来时。但立刻相认,
　　并将他的双手紧握掌心,
说:"天哪,快出去,莫稍停顿!
那些凶神看见了时会要你命!"

她说话时,手不停的颤抖,
　　一半因为老病一半惊慌。
"回去,坡费罗,回去,"她扁口,
　　"奚得孛阑如今正在厅堂,
　　他在病中咒你全家灭亡,
摩黎也在,年高但不慈善——
　　回去。""这里很安稳的,老娘,
我要知道——""天哪!且慢,且慢。
先跟我去幽室躲避灾患。"

低矮弧廊之下他随乳母
　　行去，时有蛛丝罥上缨毛。
一路行时她为少年叫苦，
　　直到同入一室：不十分高，
　　月光照进窗格，森冷，寂寥。
"我要知道玛多兰在那里，"
　　他说，"我担惊恐并受疲劳，
是想同她暂时欢聚一起——
因为圣亚尼节情人皆应欢喜。"

圣亚尼节！对呀，对呀，今日
　　是圣亚尼节之夕——但恶人
节日也会行凶。除非你是
　　一妖巫，有筛水不漏之能，
　　妖魔精怪都出你的师门，
方可来此——圣亚尼节之夕！
　　正是今晚姑娘她要求神，
如设坛的僧侣，求神示秘！
嘻嘻，我求一生也未求到秘密。

柔弱笑声漾入朦胧月色。

坡费罗睁眼瞧她的面庞：
有如童子张了口在炉侧
　　瞧着老太婆，眼镜支鼻梁，
　　一本谜书阖着拿在身旁。
但当她把玛多兰的主意
　　说了出来时，他目放奇光：
他想到她在此冷天袒裼
都是为他，不觉又欢喜又怜惜。

心头忽生一计，有如花发，
　　令他双颊蔷薇一样绯红，
怦怦心跳如欲逸缰之马。
　　但她闻此计时如遇马蜂：
　　"不料你这般的恣肆不恭。
好姑娘，让她去作梦，祈祷，
　　不让你这种人偷进室中
骚扰她。去，去！我如今知晓
原来你并不如我心想的那好。"

"我决不惊动她,神明在上,"
　　坡费罗说,"如我食此盟言,
动了她一丝头发,或欲望
　　充溢眼中的观看她容颜,
　　天尽管罚我居地狱中间。
好的安哲拉,你看我流泪,
　　总该相信了。让我去她前——
不然,我就高呼在此堡内,
就是因此丧了残生也不后悔。"

"咳,你何苦说这吓人的话
　　来惊我老年柔弱的魂灵?
我不定那天就要归泉下——
　　那天早晚我不祈祷神明
　　保佑你?"这番话打动他心,
不觉血红的脸清了大半——
　　安哲拉听见他叹气咳声,
也不忍。她答应如他所愿
去帮助他,任是逢到何种患难。

他愿安哲拉悄然的引带
　他去玛多兰房中，把身藏
在一隅屋：帷幔将他掩盖，
　同时却能看见他的女郎——
　当她两眼朦胧卧在空床，
肉眼不见的妖仙舞被面。
　那时或者他便作了新郎。
如此会情人是向所稀见，
自从梅灵偿与魔鬼那笔积欠。

安哲拉道，"就依你的说话。
　我去忙把糕点置备齐全。
她的琵琶紧挨绣花棚架，
　你将看到。我不能再俄延，
　因我老了，伶俐不及当年，
这许多的糖果或将遗漏。
　孩子，你耐心的等在此间，
祈求天允你们能成婚媾——
一定能的，不然就让我失天佑。"

她踟蹰着行去,十分忙乱。

  时光过去慢得如若蜗牛——
她回来了。低语在他耳畔,
  教跟着走。她蹑行着领头,
  东张西望,怕人看出根由。
他们穿过多少阴森廊道,
  到了玛多兰的丝帏卧楼,
清净无声。他在墙边倚靠,
等待着玛多兰,他的女郎,来到。

将颤动的双手扶住阑木,
  老乳母在暗中走下楼梯。
这时刚巧玛多兰持蜡烛,
  持烛回房去赴梦里佳期。
  安哲拉便凭了光亮依稀
踏到平地之上。她进房内——
  坡费罗呀,你真福与天齐:
你能尽量觑她处女之被,
觑她,如同白鸽润泽羽无尘秽。

匆匆进房时候,烛光熄灭,
  银灰月色之内消了轻烟。
她关闭起房门,气喘相接,
  因憧憧幻象映心目之前。
  多少欲吐之言悬在口边,
但恐开口时候幻象消散,
  她便闷在胸中不发一言:
有如哑的夜莺栖宿幽暗,
歌调永埋心内,不能吐出唇畔。

三弧形的窗棂十分高大,
  精致的雕花布满了窗沿,
簇叶攒花,蓼草连缀在下,
  窗内嵌的玻璃五色争鲜:
  有如绣缎之内花样联翩,
又如虎蛾蝶翼奇形异采——
  玻璃上绘黼文,或图教仙,
正中是一盾戮,朱红未改,
帝王后妃之血染此如胶不解。

冷月流光正照此窗之上，
　　她的胸间映着似锦朱文——
当她跪着求天允如所望——
　　蔷薇花影盖起合掌虔诚，
　　银十字架变成灿烂紫晶，
光轮缭绕发际，如同仙圣
　　将要乘雾在此静夜飞升。
他见女郎如此纯洁清净，
未染纤毫尘垢，不觉喜极而晕。

不久他清醒了。作完祈祷，
　　她起身。自鬘边卸下珍珠，
又从胸口取下温暖珍宝，
　　解开香的兜肚，呈现肌肤，
　　轻轻的落下了身上衣襦：
半遮半见，有如拥藻龙女——
　　她张开眼，瞧见幻景迷糊，
闻到圣亚尼在耳旁微语。
但她不敢侧视，因恐幻象飞举。

她卧在寒冷的软巢之内,
　　神思不甚清醒,未知若何——
直到睡眠带来温暖,蒙昧,
　　如膏油敷了四肢,自心窝
　　放了魂魄上天翔舞婆娑:
欢乐不知,却也远离磨难,
　　不知烈日当空,淫雨成河;
有如玫瑰夜间阖起花瓣,
鱼白晨光到时将再芳香灿烂。

偷到了这天国,心不自主:
　　坡费罗呆望着那堆衣裳,
静听她的呼吸舒徐入谱,
　　轻如夏之凉夜风在远方——
　　他听到时,不由鼻也翕张,
并庆贺自家。他潜踪蹑迹——
　　悄然似恐惧爬走过遐荒——
行过毯上,只让脚尖沾地。
掀开帐时,见她双目泰然关闭。

银灰色的朦胧月光洒下：
  他轻移脚步，安放在床旁
一张桌，心中惴惴的惊怕，
   （绣花的桌套朱色间玄黄，）
  他耳闻铜鼓在堂上铿锵，
画角喧嚣，长笛发声嘹亮，
  时时恐怕惊醒他的女郎，
恨无辟声之符悬在帷帐——
还好门又关了，悄静与前一样。

她仍安静的睡着，未惊醒，
  在香喷喷的白如雪被中。
他自匣处搬来一堆果品：
  青梅，蜜饯，苹果，种类无穷，
  果酱如乳膏般滑腻酥融，
透明的果汁露，中浸肉桂，
  栲液，椰枣，舟舶运自极东，
芬芳糕点产沙马冈城内，
以及列巴南的饼馅，甘美名贵。

黄金盘子盛着这些饼果。

　　有些装在银丝编的筐篮。

它们堆列有如五色花朵，

　　清淡的芬馨飘漾入冬寒，

　　令人嗅到时，不由的口馋。

"我心爱的女郎，快些醒转！

　　莫容睡眠再将爱恋遮拦，

快些睁开双目不再迟缓：

因为我心酸痛，即将倒下楼板。"

他微语时，在柔软的枕上

　　支着松懈之臂。帷帐悬垂，

遮起睡眠：坡费罗的声浪

　　并不能将她自梦境唤回——

　　银盘在月光里散射晶辉，

毯中映着金色弧缘宽阔。

　　他的女郎淹留梦境不归，

他也飘然魂灵如欲解脱

去寻到她一同遨游黑甜之国。

她的琵琶在悠然梦醒后

　　他拿起将哀歌一曲低弹，

那是古代诗人之一佳构，

　　"无情的女郎。"紧挨她鬓鬟，

　　他神魂飞越的捻拨丝弦。

她哼一下醒转，因闻声浪。

　　声停了——她喘息——睁眼旁观——

坡费罗舒徐的屈膝楼上，

寂然不动，有如一尊苍白雕像。

眼张开了，但仍明白瞧见

　　睡乡境中所睹的后节前情：

梦中的他那是苍白颜面，

　　梦中也无阻障，——不觉伤心。

　　玛多兰想到此珠泪盈盈，

一边呻诉，自家也不知道

　　说些什么，仍将一双眼睛

呆望坡费罗，见他将掌抱，

目中求恕，无声，不动，将床紧靠。

"坡费罗呀,"她说,"适才梦里
　　颤着你的声音在我耳边,
誓言旦旦,同时长跪不起,
　　一双眼睛分外光亮新鲜——
　　如今变成这样苍白容颜,
又瑟缩,消失了光明之瞬,
　　亦不闻甜美的喁喁怨言!
爱呀,自此厄中将我援拯,
因你如去世,我生命亦将不永。"

闻这一番热情洋溢的话,
　　他快乐穿心的立起身来:
足底如踏云雾,血升双颊,
　　好像星辰抖在天宇之怀。
　　他融入了此梦,不可分开,
有如蔷薇地丁融合香味——
　　此时原野霜风拂木惊埃,
掖霙敲窗,似欲侵入堡内,
天地昏暗,因为圆月已经西坠。

天地昏暗，北风掖霰敲户：

　　"这是真呀，非梦，我的女郎！"

天地昏暗，风飙驰骤吼怒：

　　"非梦，非梦，唉！我生运不祥！"

坡费罗将把我遗弃此方——

狠哪，是谁将你引来这里？

　　但我心溶进了你的胸膛，

虽将我抛舍了也不怨你——

我是羽毛未丰之鸟奋飞不起。

"娇媚的梦中人！我心所爱！

　　你情不情愿收我作家人？

将我充盾牌，朱红的色泽，

　　形状肖我胸中的这丹心？

　　我从远道朝山，备受苦辛，

疲乏，饥饿——终究来到此地。

　　从此寺中，除开你的金身，

我将不偷别物：你如同意，

我将负回家内，朝夕焚香献祭。

听哪！听那风声自天而降：
　　它虽惨厉，却能帮助逃亡。
起来，起来，不久即将天亮——
　　脸如桃的醉汉皆卧深房——
　　走罢，如今正是逃的辰光：
既无耳闻我们，也无目见——
　　他们都随酒神去了睡乡：
醒转！起来！莫再迟疑，留恋：
天赐与的良机不能再来二遍！"

她恐惧充心的随在身后，
　　因为强暴藏伏四周暗中，
持矛跃出便能将他刺透——
　　他们摸索下了楼梯百重。
　　全堡之内悄然若是虚空。
每个门上铜链悬灯闪灼。
　　壁间张挂之幔受惊朔风，
摇动人马，猎犬，鹰在鞴索。
地毯边缘吹起，扑剌一声复落。

他们似鬼魂潜步到堂内,

　　似鬼魂潜步到铁栅栏边。
门子在此地方倒头酣睡,

　　一只空的酒坛在他面前。

　　守犬闻声警醒,将耳摇颠,
见有主人,默然一声不作——

　　门楦一个个抽出穴中间,
足印深的石上堆着铁索,
锁打开了,大门轻启,复行闭阖。

他们去了:是的,这双情侣

　　已经一同逃入风雨之中。
这天夜间伯爵梦他丧女。

　　他的众宾梦见鬼影憧憧,

　　精怪,妖巫,以及长的棺虫,
骚扰睡眼。安哲拉这乳母

　　不到多时一灵归去幽宫,
高寿之僧放下念珠不数,
悄然化去,在灰堆里端坐之处。

集外

法国

初恨

在鞾靰之岸滨。梭润陀的海水
舒展开碧浪于橙树下的地方
小径边,芬芳的活树篱笆之内。
有小墓碑一块。窄狭,久经年岁,
  立在失路人的足旁。

紫罗兰叶底遮藏着一个名姓。
这名姓不曾听过人相告相传,
这过路人却停了足披叶细观。
他将死者的年龄与卒日谛认,
不觉几颗泪从眼角落到地心,
"才只有十七岁!这未免太年轻!"

已往之事何必去挑拨起残灰?
不如让风去悲鸣,海水去乌邑。
忧郁的思想呵,你们速回,速回!
  我要梦,不思再悲戚。

"才只有十七岁!"正是呀。十七岁!
同龄的少女再没她这样迷人。
在这海岸(终日听到海水腾沸)
更无双眼比得她的这样深情。
我灵魂里藏着她的不老音容
如今又一如生日的对我憧憧——
正如当日,我们初次同坐船头。
用目相视,尽谈情。在海上淹留。
她浓密的黑发一任长风吹散。

布帆之影在她的脸庞上凌乱。
她倾耳听夜渔的人低声歌唱。
饱吸那含香的鲜气吹过波浪。
她手指那渐圆之月灿烂天空。
如一朵夜花,晨光将抱在怀中。
她又指如银的浪花,说道,"光明
充满了天上、我心中,这是何因?
这蔚蓝的天野,布满千万星宿。
这金光的沙岸,波涛浸入,消没。
这些峰巅颤摇于天杪的山峦。

这些冠戴着无声林木的海湾,
这些岸上的光明,波头的歌唱。
我以前遇到时何曾爱到这样!
我以前那得过这般美梦临胸?
难道是吉星升上了我的苍空?
你这晨光之子呀,说,你的故乡,
无我在时,夜色可也这样清朗?"
她偶然忆到有祖母坐在身边,
便在膝上垂下头来装作睡眠。

已往之事何必去挑拨起残灰?
不如让风去悲鸣,海水去呜邑。
忧郁的思想呵,你们速回,速回!
　　我要梦,不思再悲戚。

她的双目真清澈,双唇真诚恳。
她的灵魂里照耀着一片光明。
就是内密湖,再不曾飘过风影,
也比不了这般澄朗、这般镜平。
她自家的思想别人倒先猜出。

她的眼皮在明皓双瞳上低覆,
但她的瞬视依旧是天真烂漫。
没有焦急之纹在她额上划断。
她天性生成喜乐,年轻的微笑
永远在她的半张之唇畔跳跃,
有如彩虹弯曲在澄澈的暮空。
"唉!那知此笑将消灭。只剩悲恫!"
但当时尚不曾见拂逆的阴云,
她的媚容上只见有一片光明。
她的无忧之步袅娜如柳条,
又如波浪将晃动的阳光簸摇,
只知奔走为乐。她银似的声浪
是童心的回声在人世中震荡,
是音乐透露出她欢乐的心中,
同了百鸟的歌吟直升上高空。

已往之事何必去挑拨起残灰?
不如让风去悲鸣,海水去呜邑。
忧郁的思想呵,你们速回,速回!
　　我要梦,不思再悲戚。

我的形象嵌进了她心里,最深
因最初,如晨光照醒转的双睛。
从此对别人她只有视而不见,
宇宙间只充满她对我的爱恋。
她在思念中将我便当为自己,
她借我的眼睛看。我在她眼底
那仙境似的世界中间就变作
她来世的希望与今世的安乐。
她从此不知什么是时间空间,
当今一个时辰就仅够她流连,
未见我以前生活只算得空白,
同我过一天便抵得全个未来。
她欣赏自然。那在我们的四周
微笑着的自然。她心内无忧
只有欢乐。她手里的花朵真鲜,
要拿去撒满祭坛,好祈祷上天。
她手掺着手,教我也同行路上。
我好像驯童,一毫也不拒抗。
她低下声音说:"与我一同祈祷。
天堂内如无你在又有何美好?"

已往之事何必去挑拨起残灰?
不如让风去悲鸣，海水去乌邑。
忧郁的思想呵，你们速回，速回！
　　我要梦，不思再悲戚。

看那地凹中注流着一股活泉，
有如小湖之水在狭岸内回旋，
碧绿清澄。不怕风来面上吹皱，
也不怕炽热的太阳将它烤瘦。
一只白色的天鹅游泳在水中，
颈子伸进水，如为碧玉圈所封，
毛之白与波之碧争斗着鲜丽，
在夜间她与映水的繁星游戏，
但当她用滴水的双翼拍着纹波，
想去远方的泉沼上妙舞清歌，
这时水便不清了，天空不倒影。
一片片的羽毛落下她那白颈，
好像是被那颤鹰，天鹅的世仇，
扑到了她。将白羽抛洒下泉流，
从此小湖的碧浪变成了混浊。

好像泥沙阑入了,永不能解脱。
同样,我离开后,她整灵魂摇颤。
一朵光华暗淡了,烬灭的火焰
腾上了天空,再不来人世里开。
她不希望另一个爱情的未来。
她不让胸中交战起希望、疑惧。
她尽了磨难把全个生命占据。
她一口气饮完了杯中的苦辛,
她在第一阵情泪中淹死赤心!
有如薄暮时,一只鸟儿要安息。

把它的颈子藏进那微张之翼里,
她拿喑哑的绝望将自己埋藏。
长眠了。但是唉,天色尚未昏黄。

已往之事何必去挑拨起残灰?
不如让风去悲鸣,海水去乌邑。
忧郁的思想呵,你们速回,速回!
　　我要梦,不思再悲戚。

她在泥榻上睡了十五年之久，
在她上面挥的眼泪一颗没有，
迅速的遗忘，死者之第二尸衾。
遮掩起了这条小径，不再通人。
有谁来这模糊的碑碣旁留恋，
有谁想它，佑它……除了我的思念？
当逆溯着我生命之流的时间。
我向心追索一切，但它们杳然。
或当亭亭的人影随心潮后退，
我为自己天空上的死者流泪，
她便是我的第一颗星。那柔光
仍旧华严，温丽，在我心上辉煌。

已往之事何必去挑拨起残灰？
不如让风去悲鸣，海水去呜邑。
忧郁的思想呵，你们速回，速回！
　　我要梦，不思再悲戚。

一丛绿中带灰色的灌莽便系
自然在这里立下的唯一碑记。

有烈日将它烧炙,有海风鞭杖,
一如黑色懊恼生根粘在心上。
它生在崖石上面,但绿荫毫无,
路途间的灰吹来了将它密敷。
它那低垂的枝条紧挨着地面,
小羊走过时候总是将它咬断。
春天偶有花一朵,如一瓣雪花,
开放个一天两天,暴风便把它
摧谢了,也不等到它芳香四吐。
正如女郎未迷人已进了坟墓,
那弯下的枝条上有鸟儿逗留。
它发出歌声来,又忧郁又温柔。
花呀,尚未及时便黄萎了的花,
万物岂非凋零了后又会重华。

我的思念呀,随了灵魂去紧追!
追得凄惨的回忆来助我叹息。
升上,升上,升入那往日的深悲
　　我心酸了,我要哀泣。

英国

异域思乡

啊,要是回了英伦
当如今四月去了那间,
在一个早晨梦醒
一定会无意的看见
榆树下的一丛灌木,
与榆树的低枝,嫩叶已吐,
并且听到果园树枝上的金丝雀声
响遍了英伦!

四月去了五月来的辰光,
白襟与燕子都在筑巢忙!
我家中篱畔烂漫的天桃
斜向原野,树上的露珠与花瓣
洒在金花草的地上——听哪,抓着曲下的枝条
是一只聪慧的画眉;伊的歌总是唱两遍,
因为伊怕人家疑心
伊不能再作首次美妙的歌声!

如今虽然是白露布满原野之中,
正午来的时候它们便将不同,
那时儿童所爱的毛茛将舒黄眼
——咳,比起它来这瓜棚上耀目之花差得多远!

夏夜

如今红的花瓣睡了,如今白的;
官道边的柏树再不摇动;
云斑石池中的金鱼再不睐目;
流萤醒了:你也与我同醒吧。

如今乳白的孔雀垂下头有如鬼魂,
鬼魂般伊飘来了我的身边。
如今大地整个像丹尼样向星而卧,
你的心也整个向我展开了。

如今流星无声的滑过,留下了
一条亮痕,有如你的思想在我心中留下的。

如今百合花将伊的芬芳卷起,
溜入了湖水的怀中:
那么最亲爱的,你也卷起,溜入了
我的怀中,灭没于我的情波之下吧。

不要说这场奋斗无益

不要说这场奋斗无益,
 这些劳苦与伤创都是徒然,
我们战不退我们的仇敌,
 如今的局势还像从前。

希望如易欺,恐惧也可以幻目;
 说不定,在那边烟气的中央,
你的同胞们正将逃者追逐,
 并且,不是为了你,已经胜帜高扬。

因为倦了的波浪,枉然的前冲,
 在这里仿佛未得痛苦的寸进,
远远的,取道于港澳之中,
海水已经泛进了,未响一声。

并且不仅是东开的窗子,
 才在日来时迎进了光华;
虽然太阳在前面行的太迟,
但看呵,西方已红遍了千家。

最后的诗

明星,愿我能如你那样不移——
　　并非愿如你那样孤寂的高张,
永远的下望着,双目不闭,
　　好像有耐性不睡眠的月亮。

望流水在人世的岸边荡涤,
如同牧师行净洗礼一般,
是或望一片轻降的新雪
假面具似的掩起平地高山——

不是那样——而仍是不移动,不变化,
枕于我恋人的爱正成熟之胸,
永远感动的柔和的起下,
永远警醒于甜美的不安中,

永,永聆她轻轻吸纳的气息声,
我愿如此——否则愿一死以毕生。

因弗里湖岛

我要起身，起身去因弗里岛中，
  用泥土与枝条修盖一间茅屋。
我要支九个豆棚，悬巢养蜜蜂，
  在蜂声中我独栖独宿。
那里有宁静：它滴下，又轻又慢，
  自晨之幕，滴落处闻蟋蟀低吟。
那里有紫色之午，闪光的夜半
  与梅雀翼充满的黄昏。
我要起身去那里，因白昼，夜间
  我总听到湖水舔岸轻作声响，
无论是在灰色的衢中或径边，
  它总萦绕着我的思想。

因尼司弗里湖岛

如今我要起来去了,去因尼司弗里中,
　　用泥与编条在那里营筑一间幽楼;
我要植九行的豆子,蓄一巢的蜜蜂,
　　我便独居于蜂噪的林地。

那里我可得一点和平,它是缓的滴下,
　　自晨云之湿幕滴下蛩吟的地方;
那里午夜是闪白的,日午发紫色的光华,
　　晚空中充满梅雀的羽响。

如今我是要起来去了,因为无日无夜
　　我总听到湖水低声的舐着岸边;
无论我是立于道上,或是灰色之径侧,
　　它总响于我心坎的中间。

我的心呀,在高原

我的心它在高原,
　　它不在这里。
我的心它在高原,
　　追麋鹿游戏。
追赶着那野鹿,
　　还同那山麋。
我的心它在高原,
　　任我去那里。

地依的沙滩

"玛丽呵,你去将牛叫回家,
　将牛叫回家,
　将牛叫回家,
　叫过地依的沙滩。"
野西风吹起了暗的浪花,
　伊一人去了海边。

西来的潮汐爬上了平沙,
　爬入了平沙,
　爬遍了平沙。
　极目的迷茫一片。
烟雾滤下来将大地朵筵;
　但是伊不见回迁。

"呀,这是水草,是鱼,是头发——
　一撮黄金的头发,
　溺水女郎的头发,
　漂在网上的海面?"
从没见过这般闪耀的鲑

出现于地依的桩间。

他们将伊载过起伏的浪花,
　　残忍的爬的浪花,
　　残忍的饿的浪花,
　　到了伊海岸的坟前。
但是舟子仍闻伊叫牛回家,
　　叫过地依的沙滩。

图书在版编目(CIP)数据

朱湘译作选/朱湘译;张德让编.—北京:商务印书馆,2019
(故译新编)
ISBN 978-7-100-17532-6

Ⅰ.①朱… Ⅱ.①朱…②张… Ⅲ.①诗集—世界 Ⅳ.①I12

中国版本图书馆CIP数据核字(2019)第103415号

权利保留，侵权必究。

故译新编
朱湘译作选

朱 湘 译
张德让 编

商 务 印 书 馆 出 版
(北京王府井大街36号 邮政编码100710)
商 务 印 书 馆 发 行
上海雅昌艺术印刷有限公司印刷
ISBN 978-7-100-17532-6

2019年8月第1版　开本 787×1092 1/32
2019年8月第1次印刷　印张 12⅛

定价：58.00元